FrikkomitSenf

Lothar Boese

FrikkomitSenf

Roman

Bibliografische Information der Deutschen Nationalbibliothek:
Die Deutsche Nationalbibliothek verzeichnet diese Publikation in der
Deutschen Nationalbibliografie; detaillierte bibliografische Daten sind
im Internet über dnb.dnb.de abrufbar.

Cover, Herstellung und Verlag: BOD - Books on Demand
Norderstedt
ISBN: 978-3-7578-3130-1

Hallo!

Ich bin der Lothar. Ich werde in zwei Monaten vierzehn und habe ein echtes Problem. Ich bin Stotterer. Und zwar Hardcore! Stellt euch vor, ihr habt eine Minute Zeit, um euren Namen zu sagen, aber die Zeit reicht nicht.

Mein ganzes Leben ist bestimmt von der Unfähigkeit, normal sprechen zu können. Deshalb ist mein ganzes Leben auch nicht ganz normal.

Ein Michelin-Stern für den Amerika-Grill

Sommer 1974. Um genau zu sein: Samstag, 10 Uhr.

Ich liege in meinem Bett, das ich aus meiner neuen weißen Jugendzimmerschrankwand ausklappen kann, und werde schon wieder durch das unverschämt laute Vogelgezwitscher vor meinem Fenster geweckt. Ich drücke mein Kopfkissen mit beiden Händen verzweifelt auf meine Ohren und frage mich nicht zum ersten Mal: *Haben diese gefiederten Plagegeister eigentlich nie schlechte Laune?* Die zwitschern immer laut und fröhlich in Dur, nie leise und niedergeschlagen in Moll. Und das am Samstagmorgen. Die laute und gute Laune nervt, denn ich für meinen Teil habe heute Morgen schlechte Laune, weil ich samstags morgens immer schlechte Laune habe, denn ich werde wie immer meinem traurigen Schicksal überlassen.

Die Mitarbeiterin im Juweliergeschäft meiner Eltern hat samstags ihren freien Tag, weshalb meine Mutter die Lücke an der Verkaufstheke schließen muss, was für mich heißt: Meine Nahrungskette ist unterbrochen und mein geliebtes heimisches Mittagessen fällt komplett aus. Dafür bekomme ich, wie jeden Samstag, zehn Mark, mit denen ich mir in irgendeiner Pommesbude irgendetwas zu essen holen soll. Ich gehe aber nicht in irgendeine Pommesbude und bestelle mir irgendetwas zu essen. Meine Wahl fällt selbstverständlich wie gewohnt auf den Amerika-Grill bei uns in Duisburg-Hamborn. Wenn es Michelin-Sterne für Pommesbuden geben würde, bekäme der Amerika-Grill einen in die Fassade gegrillt, zumindest für den Hackbraten mit Pommes und Krautsalat für fünf Mark neunzig. Sozusagen einen Hackbraten-Michelin. Doch der kulinarische Olymp ist unberechenbar und gefährlich.

Wie gewohnt lehne ich mein Fahrrad mangels Ständer an die Hauswand auf der gegenüberliegenden Straßenseite des Amerika-Grills, von wo aus ich eine gute Sicht in den Innenraum des Imbisses und auf die nähere Umgebung habe. Ich checke ausgiebig die Lage im Verkaufsraum und im näheren Außenbereich, denn Nachlässigkeiten im Vorfeld der Nahrungsbeschaffung haben oft weitreichende Folgen für mich.

Außer der Bedienung befinden sich noch zwei weitere Personen im Grill, was für mich erst einmal warten heißt. Business as usual. Ich greife in meine rechte Hosentasche und krame ein Superbum raus, denn erfahrungsgemäß kann die Wartezeit bis zum Betreten des Imbisses schon mal ein Viertelstündchen dauern.

Mein Superbum ist gerade richtig weich gekaut und die ersten kürbisgroßen Blasen platzen in mein Gesicht, als die beiden Personen überraschend schnell den Grill verlassen, bevor Neukunden nachgerückt sind. Der Verkaufsraum ist jetzt leer und mein Einsatz steht unmittelbar bevor. Ich gucke nach rechts und links, noch mal nach rechts und links, aber keine weiteren hungrigen Personen nähern sich meinem Hackbratencenter. Ich überquere zügig die Straße, drehe kurz vor dem Grill meinen Kopf leicht zur linken Seite und spucke mein Superbum so aus, dass ich es mit dem rechten Fuß vollspann wegkicken kann. Ich treffe richtig gut und zwei Sekunden später klebt mein Superbum fünf Meter weiter auf der Kofferraumhaube eines roten Opel Kadett.

Schöner Schuss!

Ich drücke die leicht am Boden schleifende Glastüre kräftig auf und kontrolliere blitzschnell ein letztes Mal den Innenraum. Optimale Bedingungen: Die Inhaberin ist allein im Verkaufsraum und steht mit dem Rücken zu mir. Sie wendet flink und routiniert eine Reihe Bratwürste, verstellt danach noch kurz die Temperatur an einem der weißen Drehregler und will sich jetzt zu mir umdrehen. Genau dieser kurze Moment, wenn ich den leeren Verkaufsraum betrete und die Verkäuferin noch mit dem Rücken zu mir steht, ist exakt der Zeitpunkt für meine Bestellung. Nur in diesem kurzen Augenblick kann ich meine Bestellung unaufgefordert und unbeobachtet von mir geben, noch bevor sich die Dame zu mir umdreht, mir in die Augen schaut und meine Essenswünsche hören will.

Nichts ist schlimmer für mich, als dass ich auf Kommando, also zum Beispiel auf eine Frage, etwas Bestimmtes wie meine Bestellung sagen soll. Das geht nicht. Da kriege ich kein Wort raus. Vollkommene Blockade. Ich kann nicht einfach in den bereits mit mehreren Personen gefüllten Amerika-Grill schlendern, warten, bis ich an der Reihe bin, um dann nach Aufforderung allen Anwesenden meinen Essenswunsch flüssig vorzutragen. Ich muss ständig auf der Hut sein und kann nicht einfach ein Geschäft oder einen Imbiss ohne sorgfältige Planung und ›Notausgang‹ betreten.

Mein Text lautet ›Hackbraten‹. Damit ist alles gesagt. Den Hackbraten gibts nämlich nur mit Pommes und Krautsalat. Weitere Fragen sind also völlig überflüssig.

Aber genau in dem Augenblick, in dem das ›Ha‹ von Hackbraten unbeobachtet meinen Mund verlassen soll, dreht sich die Frittierdame nicht zu mir um, sondern kommt mir zuvor mit den Worten »Ich bin sofort wieder da« und geht nach links durch eine ausgehängte Tür in einen Hinterraum. Ich kann meine Bestellung nicht wie geplant unbeobachtet und unvermittelt in den Raum sprechen und schon geht die Scheiße los. Es ist wie immer im Leben, und ganz speziell in meinem. Kleine, vermeintlich gut kontrollierbare Situationen gewinnen plötzlich an Eigendynamik und driften vollkommen ab, der schöne Plan zerbröselt und alles läuft kolossal aus dem Ruder. Es passieren viele Dinge, nur nicht die, die man sich vorher so schön zurechtgelegt hat. Und so wird es auch dieses Mal sein.

Die Tür zum Verkaufsraum öffnet sich leise schleifend und eine Mutter mit Kind betritt den Grill. Ich hab schon keinen Bock mehr. Erst verschwindet die Frittierdame im entscheidenden Augenblick nach hinten und jetzt kommt auch noch die Mutti mit Kinderwagen rein. Ich muss die Rahmenbedingungen für meine Nahrungsbeschaffung von ›optimal‹ auf ›bedenklich‹ zurückstufen. Zehn Sekunden nach der Mutti kommt noch ein jüngerer Typ im blauen Overall rein, steckt erst mal zwei Mark in den Merkur-Dreisonnen-Geldspielautomat und zündet sich ’ne Kippe an.

Ich kann gar nicht glauben, was hier plötzlich los ist. Wo kommen die denn alle so schnell her? Vor dreißig Sekunden war noch absolute Ruhe und Beschaulichkeit im Grill angesagt und jetzt ist die Hütte voll. Es dauert nur noch einen Augenblick, bis ich meinen Wunsch vor allen Anwesenden werde vortragen müssen. Die Katastrophe baut sich auf und ich weiß es. Ich spüre, wie mir mein ›Hackbraten‹ schon beim mentalen Probesprechen im Hals stecken bleibt. Ich komme nicht über das ›Ha‹ vom Hackbraten hinweg. Es klebt quasi an meinem Kehlkopf. Erst recht, wenn mich gleich alle Anwesenden angucken und meinen Text hören wollen. Ich bin mir sicher: Das geht mal wieder voll in die Hose. Die Rahmenbedingungen für den Erwerb meines Mittagessens sind jetzt in die Kategorie ›aussichtslos‹ gesunken und ich muss die Notbremse ziehen und den Grill umgehend verlassen. Aber der Geruch von Currywurst und Co. in Kombination mit dem Sichtkontakt zu meinen Hackbraten-Pattys in der Kühltheke lassen den nötigen Nachdruck in meiner Entscheidungsfreudigkeit ganz kurz ein wenig erlahmen. Und nur zwei Sekunden später ist die Möglichkeit zum Abbruch der Aktion endgültig passé.

Die Dame kehrt hinter die Verkaufstheke zurück, schaut mich an und macht mir mit einem freundlichen »Bitte sehr« klar, dass sie meine Bestellung hören möchte. Ich vermeide, ihr in die Augen zu sehen, und tue so, als würde ich in der karg bestückten Kühltheke noch mein Leibgericht zusammenstellen. Dabei fällt mein Blick unweigerlich schon wieder auf die saftig-roten Hackbraten-Pattys, von denen eigentlich jetzt eines für mich im siedenden Fett versenkt werden sollte, während mein Dreizonenplastikteller schon mal mit reichlich Pommes und Krautsalat befüllt wird. Und ich hab echt Hunger. Ich versuche, irgendwie mit nach unten gesengtem Kopf doch noch ›Hackbraten‹ zu sagen. Was die Frittierdame, die Mutti und der Overall-Typ durch das laut aufkochende Pommesfett noch nicht mitbekommen haben: Ich zucke mit dem Unterkiefer und gebe leise undefinierbare Geräusche von mir, die entstehen, wenn ich versuche, etwas zu sagen, es aber nicht herausbringe.

Keine Chance! Das Wort steckt in meinem Hals fest und will die Schwelle zu meinen Lippen auch mit aller Anstrengung einfach nicht überschreiten. Ich versuche noch, meinen Text zu ändern in: ›Ich hätte gerne einen Hackbraten‹ oder ›Ein schöner Hackbraten wäre nicht schlecht‹, aber auch da zeigt mir das mentale Probesprechen – was übrigens sehr schnell geht, ich spreche ja nicht, ich denke – bei allen Varianten mit davor gesetzten Bindewörtern ebenfalls größte Sprachschwierigkeiten und ich muss mich sofort von meinem heiß ersehnten kulinarischen Arrangement verabschieden und spontan umdisponieren.

Ich kriege langsam Panik. Und je mehr ich in Panik gerate, desto unwahrscheinlicher wird es, dass etwas als Sprache Erkennbares meinen Mund verlässt. Ich habe maximal ein bis zwei Sekunden Zeit für eine Alternativbestellung, bevor ich die Aufmerksamkeit von Mutti und Typ uneingeschränkt auf mich

10

lenke, weil die Verkäuferin noch mal nachfragen wird und plötzlich alle Anwesenden meine Bestellung hören wollen. Dann würde eine Alternativbestellung ebenfalls in weite Ferne rücken und die Situation für mich quasi explodieren. Meine Fähigkeit, zu denken, ist blockiert. Ich habe das Gefühl, die ganze Welt sitzt zu Hause vor dem Fernseher, ist live in den Amerika-Grill zugeschaltet und will meine Bestellung hören. Die ganze Welt will jetzt ›Hackbraten‹ von mir hören!

»FrikkomitSenf«, sage ich vollkommen emotionslos und ohne Betonung. Mehr ist nicht drin. Mehr geht einfach nicht. Es ist mir hier und jetzt nicht möglich, etwas anderes zu bestellen. ›Frikko mit Senf‹ ist sozusagen mein Escape-Wort für den Amerika-Grill. Letzte Ausfahrt vor der Hölle. Wenn nichts mehr geht, geht nur noch ›Frikko mit Senf‹. Ich versuche auch nicht, kurz darauf den Hackbraten nachzulegen, wenn alle wieder mit sich beschäftigt sind und keiner mehr auf mich achtet. So aus dem verdeckten Hintergrund, wenn die Frittierdame den Blickkontakt zu mir beendet hat, um meine Frikko mit Senf in einer Pommesschale nett zu arrangieren, tue ich so, als hätte ich mich spontan noch zu einem weiteren Gericht entschieden und sage unbeobachtet und mit leicht gesenktem Kopf in ihre Richtung: »Ich nehm noch 'nen Hackbraten dazu.« Manchmal funktionierts, hängt aber immer von meiner Tagesform ab, und die ist heute, wie meistens, weit entfernt von gut.

Ich nehme also meine Frikko mit Senf mit meinem Wechselgeld entgegen und verlasse den Grill. Ich hasse Frikkos! Und ich hasse Senf, aber ohne den Senf kann ich auch Frikko nicht aussprechen. Ich brauche einfach diesen Wortrhythmus. So, als wäre es ein Wort: ›FrikkomitSenf‹. Vollkommen ohne Betonung.

Direkt rechts neben der Eingangstür des Amerika-Grills ist ein Mülleimer, in den ich die verdammte Kackfrikko nicht zum ersten Mal reinhaue. Mist, wieder eine Mark sechzig verbraten und wieder nix Brauchbares auf der Gabel. Da liefs letzte Woche besser: Statt Hackbraten konnte ich immerhin noch Puszta-Bällchen bestellen. Die schwammen in hauseigener Soße. Gar nicht schlecht. Konnte man essen!

Nach dem misslungenen Versuch, mich an der Königin der Speisen zu laben, schwinge ich mich mit leerem Magen auf mein Fahrrad und fahre wieder nach Hause. Wie immer nach solchen sprachlichen, und damit auch kulinarischen, Totalausfällen bleibt mir nur noch die eiserne Reserve. Eine Tütensuppe, vorzugsweise Spargelcreme, dazu eine Scheibe Brot zum Tunken und eine Flasche Fanta zum Spülen. Anstatt mit Heißhunger meine wohlduftende und köstlich schmeckende Leibspeise zu genießen, geht es jetzt nur noch um niedere Nahrungsaufnahme, um dem quälenden Hunger zu entgehen.

Ich stelle mir vor, wie es wohl sein mag, wenn man in ein Restaurant oder eben in eine Imbissbude gehen und einfach alles bestellen kann, was man essen möchte, ohne vorher intensiv über zu erwartende Sprachschwierigkeiten und Schämattacken nachdenken zu müssen. Man geht einfach rein und kann alles haben, egal, wie es heißt. So ungefähr muss es wohl im Paradies zugehen. Wahnsinn! Fast alle leben im Paradies und wissen das nicht.

Wenn ich zum Beispiel ins Restaurant gehe, läuft das immer gleich ab, und immer heißt so ungefähr seit meinem siebten Lebensjahr. Ich tue so, als würde ich die Speisekarte intensiv studieren. Die interessiert mich aber kein Stück. Ich bin aufmerksam und warte, bis einer der Anwesenden etwas halbwegs Bekömmliches bestellt und sage dann schnell und unbeobachtet direkt im Anschluss: »Zweimal!«

Das Gleiche mache ich bei den Getränken. Das funktioniert immer gut, weil mir ›zweimal‹ gut über die Lippen kommt.

Da ich aufgrund meines jungen Alters vornehmlich mit meinen Eltern essen gehe, und das jede Woche sonntags, bleiben mir natürlich auch nur die vorausgewählten Speisen und Getränke meiner Eltern, wobei ich Glück habe, dass meine Mutter Malzbier trinkt. Wenn sie ein Pils trinken würde, so wie mein Vater, müsste ich erstens nach der zweiten Pilsbestellung ›dreimal‹ sagen, zweitens würden wegen meines jugendlichen Alters meine Eltern und der Kellner denken, ich mache ein kleines Scherzchen. Und drittens, und das ist der eigentliche Knackpunkt, würden mich dann alle nach meiner wirklichen Bestellung fragen, wodurch die Lage für mich leicht außer Kontrolle geraten könnte, weil ›Malzbier‹ nicht gerade zu meinen Lieblingswörtern gehört. Ich müsste dann mit ziemlicher Sicherheit auf eine etwas exotischere Trinkvariante zurückgreifen, weil es kaum gut aussprechbare nicht alkoholische Getränke gibt. Da kann es durchaus passieren, dass ich plötzlich einen kaum genießbaren Johannisbeersaft oder ein voll dröges Mineralwasser vor mir stehen habe, anstatt mich beim ersten Schluck durch die Schaumkrone meines köstlichen Malzbieres zu kämpfen. Und solche Notgetränke versauen mir dann das ganze Essen, weshalb dem Malzbier meiner Mutter diese besondere Bedeutung zukommt.

Es gibt drei Geschmacksrichtungen, die alle unsere familiären Restaurantbesuche abdecken, weil meine Eltern bei unseren sonntäglichen Speiseausflügen am liebsten auf Bekanntes und Bewährtes zurückgreifen.

Beim Chinesen in Duisburg-Stadtmitte nimmt meine Mutter immer den Hummer, mein Vater die Peking-Ente. Und dafür bin ich dem Schicksal wirklich dankbar, und das bin ich nicht oft.

13

Würde mein Vater auch den ungenießbaren Hummer nehmen, wär ich voll am Arsch, weil ich dann selbst etwas Essbares bestellen müsste. Die Peking-Ente wäre zwar ohnehin meine erste Wahl, weil die echt gut ist, aber ich weiß nicht, ob ich selbst eine Bestellung wagen würde, denn es ist fraglich, ob die mir immer reibungslos gelingt und das Ganze dann vielleicht wegen sprachlicher Hänger mit einer kärglichen Notbestellung endet. Da kann aus einer schmackhaften saftigen Peking-Ente mit köstlicher Hoisin Soße ganz schnell eine trockene, kaum genießbare Portion gebratene Nudeln werden. Deshalb gehe ich lieber auf Nummer sicher und gebe mein ›zweimal‹ stets bei der Peking-Ente meines Vaters dazu. Bei den Getränken gibt es dann wie schon gesagt das ›zweimal‹ beim Malzbier meiner Mutter dazu. Das Malzbier beim China-Mann ist übrigens echt lecker.

Im Steakhaus nimmt mein Vater immer das Filetsteak, 300 g, medium, mit Pommes. Meine Mutter nimmt immer, und das ist Tatsache, das T-Bone-Steak, 650 g, mit Ofenkartoffel. Leute, das ist echt 'ne Keule und müsste eigentlich mit einem Hubwagen von der Küche zum Tisch transportiert werden, damit der Kellner nicht unter dem enormen Gewicht des halben Rindes kollabiert! Okay, da ist viel Knochen dran, aber auch richtig viel Fleisch, um nicht zu sagen: verdammt viel Fleisch! Dagegen wirkt das 300-g-Teil meines Vaters wie ein zartes Rindermedaillon vom Kinderteller. Leider schreckt mich die Beilage des T-Bones in Form einer Ofenkartoffel mit Quark doch etwas ab und ich bin ebenfalls bei meinem Vater dabei. Würde meine Mutter das T-Bone ebenfalls mit Pommes ordern, würde ich bei ihrer Schwerlastbestellung sofort mein ›zweimal‹ dazugeben. Das ›zweimal‹ beim Malzbier meiner Mutter ist ja klar.

Schade, dass keiner von beiden einen Krautsalat nimmt. Der ist köstlich, aber das Steakhaus hat vor einigen Wochen von

Salatbuffet auf Karte umgestellt. Jetzt ist der Traum vom Krautsalat ausgeträumt, denn eine eigene Bestellung erscheint mir zu riskant, obwohl, der ist schon lecker. Ich denke noch mal darüber nach. Da auch keiner einen Nachtisch nimmt, entfällt der leider ebenfalls für mich, obwohl son leckeres Vanilleeis mit Schokosoße das üppige Mittagessen optimal abrunden würde.

Beim Jugoslawen ist absolute Tiefenentspannung für mich angesagt. Hier ist sich die Familie einig und mein Vater bestellt immer direkt dreimal Grillteller komplett, und das heißt: Berge von Fleisch, so hoch, dass man im Stehen anfangen muss zu essen, dazu roter Reis, Pommes, zurückhaltend geschätzt zwei Kilo Zwiebeln und, ja Leute, Krautsalat. Beim Jugo ist Krautsalat ein Grundnahrungsmittel und gehört auf jeden Teller. Ich brauche dann nur noch bei der Malzbierbestellung meiner Mutter ›zweimal‹ zu sagen und kann mich gemütlich bis zum Eintreffen der Speisen zurücklehnen.

›Zweimal‹ klappt immer gut. Mahlzeit!

Trotzdem gehe ich am liebsten ins Steakhaus. Obwohl, son fetter Grillteller kommt auch gut, und 'ne saftige Peking-Ente ist erst recht nicht zu verachten. Ach, ich weiß auch nicht. Ich könnte jetzt alles genau in dieser Reihenfolge gepflegt zu mir nehmen.

Bei dieser Fata Morgana ähnlichen Vorstellung habe ich schon reichlich Heißhungerspucke im Mund, aber mein erster Löffel Spargelcremesuppe holt mich brutal in die kulinarische Realität zurück. Ich unterdrücke den leichten Würgereiz und spüle Suppe und Brot mit einem Liter Fanta runter. Fanta hat gut Kohlensäure, da kann man immer Eins-a-Bäuerchen machen. Während ich also meine letzten Gläser Fanta rausrülpse, kommt Hans-Peter von nebenan zu mir rüber. Sein Treppenhaus grenzt an unsere Küche, deshalb höre ich ihn immer schon drüben die Treppe runterlaufen und dabei laut singen. Er macht auf Opernsänger, obwohl er überhaupt nicht singen kann. Wir sind beste Freunde, sitzen in der Schule nebeneinander und verbringen große Teile unserer Freizeit gemeinsam, aber essenstechnisch spielt Hans-Peter in einer anderen Liga. 98 Prozent der verfügbaren Lebensmittel werden von ihm kategorisch abgelehnt und die Vielseitigkeit seiner Ernährung würde ich als leicht ausbaufähig bezeichnen. Vier- bis fünfmal die Woche verspeist Hans-Peter sein Spezialmenü: Eine Hähnchentüte voll mit Pommes, dazu einen Kringel Fleischwurst, mittelgroß gewürfelt, beides liebevoll vermengt in einer überdimensionalen blauen Plastikschüssel, das Ganze gespült mit zwei Litern H-Milch. Und um die ausgewogene Zusammenstellung dieser gesunden und biologisch einwandfreien Lebensmittel abzurunden, wird als Nachtisch eine Tafel Vollmilchschokolade hinterhergeschoben und ebenfalls mit H-Milch gespült. Danach liegt er circa eine Stunde auf seinem Bett, weil er vollkommen bewegungsunfähig ist und sich seine Bauchdecke anfühlt wie eine kugelsichere Weste, vielleicht eine Spur härter.

An den Tagen, an denen er auf sein Spezialmenü verzichtet, isst er eine nicht unerhebliche Menge Weißbrotschnitten mit Fleischwurst, wobei die Nachspeise im Programm bleibt. Wenn er versehentlich einen Salat essen würde, müsste man ihm den Magen auspumpen, damit es nicht zu lebensbedrohlichen allergischen Reaktionen kommt.

Er isst übrigens nur einmal am Tag.

Und ich muss euch noch kurz erzählen, warum Hans-Peter nicht mehr Hans-Peter heißt.

Vor ein paar Wochen kam meine Mutter vom Einkaufen nach Hause und packte in der Küche die Taschen aus. Unter anderem einen leckeren saftigen Stuten, den wir sonntags beim

Familienfrühstück immer mit weich gekochten Eiern essen. Hans-Peter und ich haben zwar gerade Musik in meinem Zimmer gehört, sind aber nach unten gegangen, um nachzugucken, ob meine Mutter wie fast immer etwas Leckeres zum Knabbern mitgebracht hat. Bei der Suche nach Schokolade oder Ähnlichem weckte der lecker duftende, würfelförmige Stuten sofort Hans-Peters Interesse und er fragte meine Mutter, ob er ihn haben könne. Meine Mutter hatte natürlich nichts dagegen und wollte ihm ein Stück abschneiden, was er allerdings nicht für notwendig hielt. Er krallte sich den kompletten Stuten, bat noch um einen Liter Milch, die wir leider nur als Frischmilch anbieten konnten, nahm dann den Weißbrotwürfel, führte ihn wie ein Butterbrot mit beiden Händen zum Mund, biss faustgroße Stücke ab und nach zwei Minuten war der Stuten und der Liter Milch in Hans-Peter.

Dieses einschneidende Erlebnis, zu sehen, wie ein ganzer Stuten und ein Liter Milch in Bestzeit dem Verdauungstrakt zugeführt werden, hat mich sofort dazu bewogen, Hans-Peter nicht mehr Hans-Peter zu nennen, sondern in Zukunft nur noch ›Stuten‹. Der neue Name hat sowohl bei den Jungs in unserer Siedlung als auch in der Schule großen Anklang gefunden und sich dermaßen gefestigt, dass ihn nach ein paar Tagen niemand mehr Hans-Peter genannt hat, sondern nur noch Stuten. Sein neuer Vorname müsste eigentlich in seinen Ausweis eingetragen werden.

Dieser Namenswechsel hat auch noch einen positiven Effekt: Ich muss Stuten jetzt nicht mehr Hans-Peter nennen, was mir dieses verdammte ›Ha‹ am Wortanfang erspart, was ja auch beim Hackbraten schon des Öfteren für Ärger gesorgt hat.

Stuten hat mich von seinem Zimmer aus nach Hause kommen

sehen und sich sofort auf den Weg zu mir gemacht. Wir strukturieren kurz unsere Langeweile und kommen zu dem zweistimmigen Ergebnis, unsere Aktivitäten nach draußen zu verlagern. Wir schlendern zum nahe gelegenen Bauernhof, der direkt hinter unserem Garagenhof beginnt und nur durch einen etwas höheren Jägerzaun davon abgetrennt wird, den wir wie immer mit Leichtigkeit überklettern.

Okay, ›Bauernhof‹ bedarf in diesem Fall einer etwas genaueren Beschreibung, um nicht den Eindruck von Ferien- und Streichelzooidylle entstehen zu lassen. Wir nennen es Bauernhof, aber es ist ein großes verwildertes Gelände, auf dem neben einigen total zusammengebrochenen Stallruinen noch ein uraltes, dem Verfall preisgegebenes Haus steht, an dem seit mindestens 150 Jahren keinerlei Sanierungsarbeiten oder Schönheitsreparaturen durchgeführt wurden. Um euch einen näheren Eindruck von dieser außergewöhnlichen Form des nachhaltigen Wohnens zu verschaffen, bedürfen die ›sanitären Anlagen‹ auf jeden Fall einer besonderen Erwähnung. Die Toilette, ich nenne es jetzt einfach mal so, ist echt was für Kenner, denn hier gibt es kein fließendes Wasser und keinen Anschluss an einen Abwasserkanal. Stattdessen nimmt das ›Spülgut‹, getrieben von einem Eimer Wasser, seinen Weg zur Jauchegrube gut sichtbar in einer schmalen Steinrinne direkt vor dem Haus. Wenn also jemand die ›Toilette‹ benutzt, bekommen vor der Wohnruine stehende Personen stets einen genauen Eindruck von der Beschaffenheit des Stuhlgangs.

Hier wohnt Georg. Georg ist schon sechzehn, aber in derselben Klasse wie sein zwei Jahre jüngerer Bruder. Na ja, dafür hat er andere Qualitäten. Er ist kräftig und muskulös gebaut und geht als älter durch. Jedenfalls als alt genug, um am Kiosk an der

Kaiser-Friedrich-Straße wöchentlich die neuen ›St. Pauli Nachrichten‹ und die Hochglanzausgabe der ›Frivol Extra‹ ausgehändigt zu bekommen. Ohne ihn bliebe uns diese Form der gehobenen Literatur noch mindestens ein Jahr oder zwei Jahre vorenthalten.

Mein Wissensdurst in diesem Segment wird schnell größer, und das ist nicht das Einzige, was beim Betrachten der vollbusigen Damen schnell an Größe gewinnt. Ja, die Pubertät hat mich erreicht und nimmt mich restlos in Besitz. Ich beziehe im Augenblick 95 Prozent meiner klassisch-germanistischen Allgemeinbildung aus genau jener Lektüre, die restlichen fünf Prozent kommen aus Donald-Duck-Taschenbüchern und MAD-Heften. Mein Interesse für Mädchen ist mehr als geweckt und damit auch die nächsten Probleme.

Zum einen: Wer darf die Heftchen als Erster mit nach Hause nehmen? Denn nur der Erste kommt in den uneingeschränkten literarisch-fotografischen Genuss der Zeitschriften. Dem Letzten bleiben maximal fünf bis sechs magere Seiten. Der Rest ist organisch miteinander verbunden.

Zum anderen: Wie um alles in der Welt soll ich jemals ein Mädchen kennenlernen? Nach meinem ersten Satz, oder besser gesagt nach dem Versuch, meinen ersten Satz mit heftigem Mundzucken und undefinierbaren Geräuschen zu beginnen, würden sich alle weiterführenden Aktivitäten umgehend erledigen. Die Angst, gepaart mit der Gewissheit, dass ich mich bei jeglichem Ansprechversuch zum Vollaffen machen werde, macht mir echt zu schaffen und nimmt mir jeglichen Mut zur Kontaktaufnahme mit dem anderen Geschlecht. Ich schäme mich schon, wenn ich mir meine Stotterorgien nur vorstelle.

Welches Mädchen will sich denn selbst zum Gespött der Menge machen und seinen Freundinnen stolz den neuen Stotterfreund präsentieren, der noch nicht mal richtig ›Hallo‹ oder seinen Namen sagen kann? Verdammt! Ich will eigentlich gar nicht darüber nachdenken, aber ich kann nicht anders, als unentwegt darüber nachzudenken. Außerdem sind die weiblichen Ressourcen in meinem Umfeld denkbar knapp ausgeprägt. Unsere Wohnsiedlung ist extrem jungenlastig und die Schule, die ich besuche, ist ein Knabengymnasium.

Das Leben ist ungerecht! Aber das Leben ist bunt und hat immer Überraschungen parat.

Solche und solche.

Die Gnadenstoßfrage

Dienstag, 12:10 Uhr. Stuten und ich werden in einer Stunde auf dem Parkplatz vor unserer Schule von meinem Vater abgeholt. In der Mittagszeit bleibt unser Geschäft geschlossen und mein Vater fährt immer zum Essen und für ein kleines Mittagsschläfchen nach Hause. Dabei kommt er genau zur richtigen Zeit an unserer Schule vorbei und sammelt uns ein.

Wir haben Sport in der letzten Stunde und Stuten ölt noch volles Rohr vom Eintausendmeterlauf auf der Sportanlage im gegenüber der Schule gelegenen Stadtpark. Ich habs heute langsam angehen lassen, weil ich mich nicht gut fühle und Husten habe. Sport ist aber mein absolutes Lieblingsfach. Ob Ballsportarten, Turnen oder Leichtathletik, ich bin in allem gut, in vielen Disziplinen der Beste. Das stärkt ein klein wenig mein stark angekratztes Selbstvertrauen, weil es etwas gibt, worin ich besser bin als die anderen. Und der Sport führt mir heute wieder vor Augen, dass auch andere schwer verarscht werden, weil sie anders sind. Und dieses Gefühl, nicht der einzige vom Schicksal Beschissene zu sein, gibt mir Kiki.

Kiki sitzt in der Klasse eine Reihe vor mir, ist knapp so groß wie ich, wobei er über die gut zweieinhalbfache Masse verfügt. Ein Eintausendmeterlauf bedeutet für ihn tausend Meter beschwerliches Gehen, von hundert Metern an nahe am Kollaps.

Die anderen Jungs aus meiner Klasse, die nach ihrem gemütlichen 1000 Meter Lauf schon lange im Ziel sind, warten bereits in bester Partylaune auf Kiki. Es dauert eine Ewigkeit, bis er aus der letzten Kurve kommt, aber jetzt endlich beginnt die Show und alle fangen an zu johlen und feuern Kiki an: «Kiki, lass die Schlappen brennen!«

Kiki, der auf den letzten Metern sehr viel Flüssigkeit verloren hat und mit hochrotem Kopf auf der Zielgeraden verzweifelt versucht, sich auf den Beinen zu halten, hat sein Gehtempo mittlerweile so weit gedrosselt, dass er eigentlich den dringend benötigten Infusionsständer neben sich herschieben könnte.

Die anderen schreien immer lauter und die Sportparty ist am Siedepunkt. Kiki auch. Ich mache mir echt Sorgen, ob er das Ziel noch stehend erreicht.

Go, Kiki!

Sichtlich belustigt macht sich unser sadistischer Sportlehrer weniger Sorgen um Kikis Gesundheit. Möchtegern smarter Typ, dunkelblauer Trainingsanzug von Adidas, hellblaue Vierstreifenturnschuhe von Adidas, goldene Pilotensonnenbrille von Rodenstock, 'ne kleine Cola mit Knickstrohhalm locker in der rechten Hand, mit der Linken geschmeidig beim Taschenbillard, und bei Fuß sein schwarzer Pudel, den er immer mit zur Schule bringt. Er lässt sich dafür feiern, dass er der Veranstalter dieser grandiosen Liveshow ist, und erhebt die Cola zum Gruße in Richtung Kiki, der gerade der Ziellinie entgegentaumelt und direkt dahinter zusammenklappt. Fünf Sekunden später bekommt Kiki prompt Gesellschaft. Der Sportlehrerpudel ist schon auf der roten Aschenbahn, umrundet neugierig den nahezu bewegungslosen, heiß dampfenden Körper, schnüffelt einmal vorsichtig aus sicherer Entfernung, um sich dann wieder auf die Bank in Herrchens Nähe zu begeben.

Wir holen Kiki von der Bahn und setzen ihn in den Schatten, schütten ihm eine Flasche Wasser über den hochroten Kopf, während ich ihm eine Flasche Wasser an den Mund halte, weil er zu schwach ist, um allein zu trinken. Unseren Sportlehrer interessiert das aber null, denn der hat Kiki längst vergessen und wirft gerade Stöckchen, wobei er seinen Pudel lautstark anfeuert, den Mikroast so schnell wie möglich wieder zu Herrchen zurückzubringen. Der Vierbeiner hat aber überhaupt keinen Bock, sich bei der Hitze zu bewegen, und bleibt deshalb lieber auf der Holzbank an der Zielgeraden liegen. Natürlich im Schatten. Außerdem hat er von hier aus einen guten Blick auf den dampfenden Kiki, der ihm immer noch nicht ganz geheuer ist.

Okay, seinen Pudel hat der Adidasmann nicht hundertpro im Griff, aber eins muss man dem Dauer-Gassi-gehenden Sportlehrer lassen: Der hat echt den Bogen raus, mit möglichst wenig Aufwand sein Geld zu verdienen. Der Typ hat als Unterrichtsfach ausschließlich Sport und bringt jeden Tag seinen Hund mit. Darum ist bei gutem Wetter, und damit meine ich alles außer Starkregen, immer Sport im Stadtpark, weil er dann immer schön mit seinem Pudel in Sichtweite zum Sportplatz Gassi gehen und dabei immer schön im Schatten der großen Kastanien genüsslich seine Cola durch den Knickstrohhalm ziehen kann.

Leck mich am Arsch!

Ich schwör euch, Leute, so wie der arbeitet, wollt ihr Urlaub machen.

Wir fahren pünktlich um 13:20 Uhr mit unserem metallicblauen Peugeot 504 in die Siedlung ein. Meine Mutter hat das Mittagessen wie immer just in time auf dem Tisch. Das hat sie echt im Griff. Während mein Vater und ich instinktiv dem Geruch folgen und den Weg zum Küchentisch suchen, erwähnt meine Mutter ganz beiläufig, dass Post für mich gekommen sei. Noch bevor sie den Satz beendet, sehe ich im Augenwinkel ein Briefkuvert mit einer leicht sakralen Komponente im Outfit, sodass sich die ärgsten Befürchtungen bei mir breitmachen. Es hat sich in der Schule herumgesprochen, dass die Kirche zurzeit ihre freundlichen und allseits beliebten Einladungen zum Konfirmandenunterricht verschickt. Obwohl ich schon fast dem quälenden Hungertod erliege, öffne ich zuerst den Brief und meine fast seherische Ahnung wird bestätigt. Mir werden noch fünf Wochen freies und unbeschwertes Leben im weltlichen Glauben zugestanden. Und obwohl ich laut und deutlich »Scheiß Konfirmandenunterricht« sage, scheinen meine Eltern dieser kirchlichen Kontaktaufnahme inklusive meiner deutlich negativen Bewertung keine besondere Bedeutung beizumessen, denn ihre ganze Aufmerksamkeit richtet sich ausschließlich auf den saftigen Schweinebraten mit Rotkohl, der übrigens auch zu meinen Leibgerichten zählt. Der ist echt lecker, Leute. Mit super Kruste! Mmmh!

Aber jetzt mal ehrlich. Was um alles in der Welt soll mir ein Konfirmandenunterricht bringen? Würde ich dort Antworten auf meine drängendsten Fragen bekommen?

Nein!

Was ich brauche, ist die Möglichkeit, ein Mädchen kennenzulernen, ohne dabei sprechen zu müssen. Außerdem löst der Wortbestandteil »Unterricht« bei mir reflexartig größtes Unbehagen aus. Unterricht bedeutet immer: Lehrer fragt, Schüler muss antworten. Nicht gerade ein Traumszenario für einen Top-Stotterer.

Ich verdränge aber erst einmal die christliche Botschaft und schöpfe Kraft aus dem köstlichen Schweinebraten mit Rotkohl für meine gleich anstehende Aufgabe. Seit zwei Tagen habe ich Kopfschmerzen, fühle mich schlapp, habe Husten und muss deshalb zum Arzt. Eigentlich kein Problem, wenn das Heftchen von der Krankenkasse mit den Vordrucken für den Arztbesuch nicht leer wäre, ohne die mir keine medizinische Behandlung zuteilwird. Ich muss also zuerst zur Hauptniederlassung in Duisburg-

Marxloh, um mir diese blöden Vordrucke zu besorgen, und das gefällt mir überhaupt nicht, weil ich mir zu hundert Prozent sicher bin, dass ich da wieder tausend blöde Fragen beantworten soll und das Ganze hundertprozentig nicht ohne mittelschwere Stotterattacken abgeht. Name und Adresse sind Pflichtprogramm. Da komme ich nicht dran vorbei.

Während ich überlege, welche Vermeidungsstrategie ich verwende, fällt mein Blick auf das dezent schwarz umrandete Briefkuvert, auf dem mein Name und meine Adresse steht, und ich stelle fest, dass die Lösung des Problems bereits vor mir auf dem Tisch liegt.

Ich schreibe einfach auf die Vorderseite des leeren Versicherungsvordruckheftchens meinen Namen mit vollständiger Adresse und lege es dann der Versicherungstante mit der Bitte um ein neues Heftchen auf den Schreibtisch. Das kriege ich sprachlich hin, weil ich bereits beim Hinsetzen meinen Wunsch nach einem neuen Versicherungsvordruckheftchen äußern werde, noch bevor die Mitarbeiterin mir tief in die Augen schaut und mein Anliegen hören möchte. Weitere Fragen seitens der Versicherungsfachangestellten sind dann nicht mehr zu erwarten, weil sie alle notwendigen Informationen vor sich liegen hat und mir so unmittelbar ein neues Versicherungsheft überreichen kann.

Genial, oder?

Ich schaufle mir sofort noch ein Stück Schweinebraten und reichlich Rotkohl mit einem ordentlichen Schuss Bratensoße auf meinen Teller. Geht doch! Mahlzeit.

Weil ich keine Lust habe, mit dem Fahrrad zu fahren, und es auch nach Regen aussieht, nehme ich den 35er. Die Bushaltestelle ist circa sechs bis sieben Minuten von uns entfernt und ich mache mich zügig auf die Socken, denn es ist schon 14:20 Uhr und der Bus fährt nur jede halbe und volle Stunde. Zum Glück habe ich durch die Schule eine Monatskarte und brauche nicht vorne beim Schaffner einzusteigen und bei ihm zu bezahlen. Denn dann würde er mich fragen, bis wohin ich fahren möchte, und ich müsste eine Haltestelle nennen, was dann leicht außer Kontrolle geraten könnte.

Ich fahre gerne mit dem 35er, weil auf dieser Linie fast immer ein Doppeldecker eingesetzt wird und oben zu sitzen echt cool ist. Man denkt in Kurven immer, die Kiste kippt um. Die Fahrt im Obergeschoss des 35ers dauert ungefähr zwanzig Minuten, macht Spaß wie immer, und kaum habe ich mich richtig hingesetzt, um das Geschaukel zu genießen, muss ich am Altmarkt auch schon wieder aussteigen. Schade, aber ich fahre ja gleich wieder zurück.

Der großen Hinweistafel im Eingang des Bürohauses entnehme ich, dass die Krankenkasse ihr Büro in der dritten Etage hat. Zur Bewältigung des Höhenunterschiedes stehen mir die Treppe und der Aufzug zur Verfügung. Da Treppenlaufen blöd und anstrengend ist, steuere ich mit meinem geschwächten Körper zielstrebig die angenehmere und Kraft schonendere Variante an.

Ich drücke auf den runden Metallknopf mit dem Pfeil nach oben, um den Aufzug zu holen. Nach einer kleinen Ewigkeit trifft der Treppenersatz endlich ein und die Tür öffnet sich. Das Ganze passiert sehr schleppend und mit wenig vertrauensvollen Geräuschen, die mich für eine Sekunde oder zwei Sekunden zum Nachdenken bringen, aber ich bleibe bei meiner Entscheidung, mich nicht konditionell auf der Treppe zu verausgaben, und betrete die Kabine. Ich drücke auf den Rest eines ehemals wahrscheinlich hellgrauen Plastikknopfs, dem man die Etagenzahl nicht mehr entnehmen kann, weil offensichtlich jemand ein Feuerzeug darangehalten hat. Da sich der verstümmelte Kunststoffrest aber zwischen der ›2‹ und der ›4‹ befindet, kombiniere ich messerscharf, dass es sich um die verschollene ›3‹ handelt.

Sherlock lässt grüßen, Leute!

Dann schließt sich die Türe mit noch unheilvolleren Geräuschen als beim Öffnen und der Aufzug setzt sich mit einem derart starken Ruck in Bewegung, dass ich ordentlich in die Knie gehe. Und nicht nur mein Körper wird nach unten gezogen, sondern auch mein Vertrauen in diese Art der Beförderung. Ich bereue zutiefst meine Fehlentscheidung zum Erreichen der dritten Etage, aber wider Erwarten verlasse ich mit leicht schweißgeperlter Stirn und feuchten Händen im dritten Stockwerk lebend die Höllenkabine und blicke auf das Großraumbüro, das wie eine riesige in der Abendsonne schlummernde Tiefebene vor mir liegt. Ich atme die Nahtoderfahrung vom Aufzug kurz weg, verschaffe mir einen Überblick über das Gesamtgeschehen und sehe weiter hinten einen Beratungsplatz, an dem eine gut aussehende junge Frau ihrer Tätigkeit nachgeht.

Ab jetzt läuft alles nach Plan.

Ich begebe mich zügig zu der netten Dame und lege ihr im Hinsetzen mein leeres Vordruckheft richtig herum auf ihren Schreibtisch, damit sie sofort sieht, dass alle nötigen Informationen deutlich vom Deckblatt meines Heftchens zu entnehmen sind, und sage im Hinsetzen und in Kombination mit einem »Guten Tag«, dass ich ein neues Heftchen benötige.

Der geniale Plan nimmt seinen vorbestimmten Lauf und die junge Dame macht sich nach einem durchaus ernst gemeinten freundlichen Lächeln und einem seidenweichen »Hallo« auf den Weg in den hinteren Bereich, ohne weitere Fragen zu stellen.

Ich bin mir sicher, dass mein nächstes gesprochenes Wort meine Verabschiedung sein wird, und die wird mit einem kompakten ›Tschüss‹ eher knapp ausfallen.

Ich lehne mich gut gelaunt im Besucherbürostuhl zurück und beobachte, wie die Frau zu den riesigen Schränken mit den Karteikarten geht, und habe im Geiste schon das neue Heftchen in der Hand, muss meinen Traum allerdings eine Minute später korrigieren, da sie mit leeren Händen zurückkommt.

»Du bist nicht selbst versichert, sondern mit bei deinen Eltern, oder?«, lautet die klare Frage an mich.

»Stimmt, bei meiner Mutter«, erwidere ich nach kurzer Pause und mit einem etwas länger gezogenen »St«, weil ich erst stumm gegen meinen Kehlkopf pressen muss, damit das »Stimmt« auch rauskommt. Den Rest kann ich dann ohne Pausen und Stottern gut anhängen.

«Wie heißt denn deine Mutter mit Vornamen?«, lautet die nächste Frage, die mir direkt den finalen Fangschuss gibt. Die ultimative Gnadenstoßfrage! Meine Mutter heißt nämlich mit Vornamen Hannelore, und Hannelore ist wie Hackbraten. Das verdammte ›Ha‹! Immer dieses verdammte ›Ha‹. Es geht mal wieder nicht über meine Lippen, wie es mir das mentale Probesprechen bereits deutlich zeigt. Ich merke, dass sich in dieser Sekunde extremer Stress bei mir breitmacht und ich gut rot werde, denn das, was ich sagen muss, kann ich nicht sagen, zumindest nicht, ohne volles Rohr zu stottern. Aber irgendwas muss ich sagen.

»Ruth«, lautet meine Antwort.

Die Dame begibt sich wieder zu den riesigen Karteikartenschränken, um nach der neuen Namenskombination zu suchen, kehrt aber nach einiger Zeit wieder mit leeren Händen zurück. Ich weiß natürlich, warum die Frau hier die goldene Wandernadel bekommt, aber was soll ich machen, wenn ich mich nicht bis aufs Hemd blamieren will und nicht den Rest des Tages in einer schweren Depression verleben möchte?

»Sie könnte auch unter Hannelore geführt werden«, sage ich

mit sehr lauter Stimme und mehreren Bindewörtern, da die schon leicht genervte Dame aus der Tiefebene noch circa zehn Meter von mir entfernt ist und ich nicht warten möchte, bis sie wieder am Platz ist, vor mir sitzt, mich anguckt und weitere klare Fragen stellt. Denn Entfernung ist gut gegen Stottern, lautes Sprechen ist gut gegen Stottern und gut zu sprechende Bindewörter sind gut gegen Stottern. Und dreimal gut ist richtig gut.

»Das ist ihr zweiter Vorname«, füge ich noch kurz an, um die Situation irgendwie schlüssig zu erklären. Sie macht sich wieder auf den Weg, und nach dem dritten Anlauf hält die junge Dame tatsächlich ein neues Versicherungsheftchen in der Hand und bewegt sich damit auf mich zu. Meine Gesichtsfarbe verlässt den roten Bereich und angenehme Entspannung macht sich breit. Zehn Minuten später stehe ich wieder an der Bushaltestelle und warte auf den 35er, der mich gleich in gewohnter Schaukelfahrt nach Hause bringt.

Geschafft! Morgen also nicht in die Schule, sondern erst mal zum Arzt. Aber nicht so früh. Der hat nachmittags auch noch Sprechstunde.

Pattex im Hals

Nachdem ich die ausgeprägte körperliche Schwächephase in Form einer Erkältung überwunden habe, begebe ich mich nach fünf Tagen zum ersten Mal wieder in die Schule.

Stuten kommt wie immer um 7:20 Uhr rüber, schellt kurz an, und dann starten wir durch. Die Fahrräder bleiben aber in der Garage, denn wir haben uns dazu entschlossen, heute mit dem Bus zur Schule zu fahren, weil die Großwetterlage eher bescheiden ist.

Während wir durch den trüben Morgen kutschiert werden, natürlich oben im 35er-Doppeldecker, kreisen meine Gedanken um die Gestaltung des Schulvormittags. Nur in den Momenten, in denen der Bus durch die engen Kurven fährt und ich das Gefühl habe, jetzt kippt die Kiste endlich um, werde ich kurz aus meinen Gedanken gerissen.

Wir haben Englisch in der Ersten, und Englisch ist für mich ein Hochrisikofach. Das Hochrisiko liegt dabei aber nicht in meinem mangelnden Vokabelschatz, sondern in der Wahrscheinlichkeit, mich mit einer gnadenlosen Stottervorstellung zum Tagesgespräch zu machen, denn heute wird auch noch eine neue Lektion im Englischbuch angefangen und das heißt immer: Vorlesen. Und wenn ich dabei drankomme, dann ist Schicht im Schacht. Eine fremde Sprache ist noch undurchdringbarer für mich als meine Muttersprache. Wenn ich da einen Hänger habe …

Deshalb entschließe ich mich dazu, mal wieder auf Nummer sicher zu gehen, und mache blau. Ich verbringe die erste Stunde auf der Hoftoilette und habe so Gelegenheit, die eine oder andere Hausaufgabe von meinen fleißigen Mitschülern abzuschreiben, so weit sie mich lassen. Bei Sonnenschein bietet sich zum gemütlichen Verweilen fernab vom hektischen Schulalltag der Stadtpark direkt gegenüber an. Da bleibe ich gern auch mal ein Stündchen länger. Aber bei dem Sauwetter schlage ich die Zeit lieber auf dem ›Pott‹ tot. Danach haben wir Erdkunde und ich warte nach dem Gong noch ein paar Minuten, bevor ich den beige gefliesten sanitären Aufenthaltsraum verlasse, und schlendere langsam und vorausschauend zum Klassenraum, um auf keinen Fall auf dem Gang noch unserem Englischlehrer zu begegnen.

Stuten und ich sitzen rechts hinten gut im Sichtschatten des Erdkundelehrers und wir haben weitaus Wichtigeres zu tun, als seinen einschläfernden Ausführungen zu folgen, die mich ohnehin in meiner Konzentration beeinflussen, denn Stuten hat mir gerade beim Schiffe versenken einen Dreier und einen Zweier in Serie abgenommen, und mein Vierer ist auch schon schwer angeschlagen. Ich muss meine Gegenoffensive sorgfältig planen, wenn ich das Blatt noch wenden will, was mir aber angesichts des störenden Lehrergequatsches nicht gelingen will, und so nimmt der weitere Verlauf des Spiels seinen unheilvollen Gang. Ich habe Stutens Zerstörungspotenzial nicht genug entgegenzusetzen und verliere kurz darauf auch noch meinen Vierer. Ich schreie kurz auf, Stuten lacht hämisch und wir klatschen ab. Ungefähr eine Sekunde später hallt mein Name durch die Klasse. Ich denke zuerst, dass es wieder eine der unzähligen Ermahnungen wegen Störens sei, die mittlerweile an mir vorbeiziehen wie ein laues Sommerlüftchen. Aber es kommt schlimmer.

Ich muss nach vorne an die Tafel und stelle fest, dass im Kartenständer eine Europakarte klemmt, in der die Städtenamen an den großen roten Punkten fehlen. Die eigentliche Aufgabe, nämlich die europäischen Hauptstädte zu benennen, ist kein Problem für mich, die kenne ich seit der vierten Klasse. Hier vorne zu stehen und alle Augen auf mich gerichtet zu haben, das ist das Problem. Außerdem wissen die Mitschüler natürlich, was ich für ein Sprachtalent bin, und haben deshalb eine gewisse Erwartungshaltung. Das alles bereitet mir so großes Unbehagen, dass ich schon völlig verkrampft bin, bevor überhaupt was passiert. Denn ich weiß ja, was jetzt kommt, und der Rest der Anwesenden auch. Ich muss vor der ganzen Klasse sprechen, und das wird ganz sicher nicht gut ausgehen. Ich kann jetzt schon keinen klaren Gedanken mehr fassen und starre wie hypnotisiert auf die Karte ohne Namen, um auf keinen Fall jemanden direkt anschauen zu müssen.

Die Show beginnt. Der Zeigestock knallt auf die Karte und die ersten Hauptstädte flutschen entgegen meinen düsteren Erwartungen raus, als wäre ich Tagesschausprecher. Ich habe ein Lächeln im Gesicht und bin fast im Flow. Dann kommt die Spitze des Zeigestocks gut hörbar auf einem Punkt auf der Karte zur Ruhe, der eindeutig in Österreich liegt und meine Antwort auf Wien festlegt.

Ich weiß natürlich, wann meine allgegenwärtige Sprachschwäche noch mal eine Schüppe drauflegt, und muss in solchen Momenten aktiv gegensteuern, um nicht geradewegs in die Katastrophe zu laufen. ›Wien‹ zum Beispiel ist für mich ein phonetisches Desaster. Einzelne Wörter ohne Satz oder ein Satzanfang sind per se schon Garanten für ein eindrucksvolles Sprecherlebnis. Wenn dann das Einzelwort beziehungsweise der Satzanfang mit einem W, M, H oder einem Vokal beginnt, ist Feierabend. Dann geht nix mehr. Mir bleiben nur zwei Möglichkeiten, um da noch einigermaßen rauszukommen. Entweder, ich sage nix und zucke mit den Achseln, dann kann zu hundert Prozent nix passieren, außer, dass ich zu hundert Prozent eine scheiß

Note bekomme. Scheißegal. Oder ich versuche, mehrere gut aussprechbare Bindewörter davor und dahinter zu setzen und das Ganze schön rhythmisch im Verbund rüberzubringen, was mir eine gute Fifty-fifty-Chance bringen würde. Fifty-fifty heißt aber auch, dass die Sache schiefgehen kann. Und ganz ehrlich, Leute: Fifty-fifty ist mir ein bisschen zu dünn. Ich zucke lieber mit den Achseln. Danach kommen noch ein paar gut aussprechbare Städte und noch zwei Achselzucker. Reicht alles in allem für eine solide Vier minus. Ich habe mir abgewöhnt, für eine gute Note sprachlich ins Risiko zu gehen.

Wenn ich in Situationen, in denen mich viele Personen anstarren und ein bestimmtes Wort von mir hören wollen, plötzlich einen schweren Hänger habe, kann es sein, dass ich vollkommen die Kontrolle über Geist und Körper verliere. Ich fange dann an, so hart zu stottern, dass ich mit Mund, Gesicht und anderen Körperteilen zu zucken beginne und alle denken, ich habe einen epileptischen Anfall mit bizarrer Geräuschbegleitung. Ich kriege das Wort dann einfach nicht raus und es fühlt sich an, als hätte ich Pattex im Hals. Manchmal, wenn ich nicht ganz bei der Sache bin und nicht ständig meine Wortwahl überprüfe, kommt es zu solchen sprachlichen Totalausfällen. Und solche Momente der Selbstdemütigung sind die schlimmsten Momente in meinem Leben. Ich fühle dann nur Leere und weiß, dass mich alle anstarren und sich über mich lustig machen. Ich bin sprachlich auf der Stufe eines Schimpansen, und alle wissen das. Es ist, als hätte ich ein T-Shirt an, auf dem in großer Leuchtschrift steht:

ICH BIN BETTNÄSSER.

Ich fühle mich dann immer wie Abfall.

Aber heute lief zum Glück alles glatt und ich kann nach mehrmaligem Achselzucken ohne gesenkten Kopf zurück zu meinem Platz gehen. Stuten hat derweil den Leerlauf genutzt und eine neue Partie Schiffe versenken vorbereitet. Ich fange an, weil ich gerade verloren habe, und steige direkt mit einem Doppeltreffer ein. Unmittelbar danach ertönt der Gong und es ist große Pause.

Während alle nach draußen auf den Schulhof rennen, um noch einen der begehrten Plätze bis zur dritten Reihe am Schulkiosk zu erdrängeln, bleibe ich im Gebäude und schließe mich in der Toilette im zweiten Stock ein, weil ich ein Ei legen muss.

Ich sitze auf der Holzklobrille und meine Ellenbogen drücken sich leicht in meine Oberschenkel. Da ich keine Sanitärlektüre mitgenommen habe, wandern meine Gedanken ab und ich versinke in all den vielen Momenten, in denen es nicht so gut gelaufen ist und ich immer schwere Demütigungen einstecken musste.

Ich denke an meinen ersten Tag im Kindergarten. Ich wollte am Klettergerüst irgendetwas zu einem anderen Kind sagen und stotterte dann gut los. Da war schon wieder alles gelaufen und ich disponierte bereits an meinem ersten Kindergartentag leicht um. Nach dem Mittagessen mussten wir alle ein Schläfchen in einem riesigen Gruppenschlafzimmer machen, was mir ebenfalls nicht sonderlich gefiel. Deshalb suchte ich mir, nachdem sich im Gemeinschaftsraum das allgemeine Gruppenschlummern breitgemacht hatte, durch ein Fenster den Weg ins Freie. Und da sich der Kindergarten nicht weit von meinen Großeltern befand, ging ich natürlich auch zielstrebig dort hin und machte unter Tränen deutlich, dass der Kindergarten die Hölle war. Besonders meinen viel zu weichherzigen Opa konnte ich schnell und spürbar beeindrucken, weil ich ihm sowieso immer leidtat wegen des Stotterns.

Es sollte mein einziger Tag im Kindergarten bleiben.

Ich denke an meinem ersten Schultag, wie ich mit meiner viel zu großen Schultüte allein dastand und mich schüchtern daran festhielt, während die anderen Kinder miteinander spielten. Die von meiner Oma selbst genähte Hose war in den letzten Monaten nicht mitgewachsen und endete gut eine Handbreit über meinen Schuhen: Hochwassermarke zwei! Ich sah nicht nur aus wie ein Sonderling, ich war auch einer. Und genau das war meine Erkenntnis dieses ersten Schultages.

In der Klasse stellten sich alle Kinder kurz vor, um sich ein wenig kennenzulernen. Ich hätte mindestens zwei Minuten für meinen Vornamen gebraucht, wenn die Lehrerin nicht eingeschritten wäre und meine Vorstellung abgebrochen hätte. Das Gekreische der anderen Kinder war schlimmer als beim Kasperletheater. Ab sofort war ich der Stotterer, über den alle lachten und mit dem keiner spielen wollte, sich aber alle köstlich amüsierten, wenn mich jemand nachmachte. Jede Minute, die ich im Klassenzimmer saß, war erfüllt von der Angst, etwas sagen zu müssen und wieder zum Gespött zu werden. Ich war allein und unendlich traurig.

Ich denke an meinen ersten Besuch bei einer Sprachtherapeutin. Ich war sieben und hatte eine ungefähre Ahnung, wo ich mit meiner Mutter hinging. Die Adresse führte uns zu einem schon älteren, in einer dunklen Seitenstraße liegenden Mehrfamilienhaus in Duisburg-Stadtmitte. Unmittelbar nach dem Schellen ertönte der Türöffner und wir betraten den Hausflur, wo es genauso aussah wie in jedem normalen Hausflur auch. Unter der Treppe standen ein Kinderwagen, ein kleiner roter Eimer mit Sandkastenbesteck und zwei größere Fahrräder. Nichts ließ auf das schließen, was wir suchten, also nahmen wir die Treppe hoch in die erste Etage, wo auch schon eine

Wohnungstür daueroffenstand, durch die wir in einen kleinen Vorraum schauen konnten. Hier saßen Erwachsene mit und ohne Kinder auf wackelig aussehenden Stühlen rechts und links an der Wand und warteten offensichtlich. Neben der Tür war ein weißes Schild angebracht, auf dem stand: Dr. P. Woltmann, Sprachtherapeutin, Sprechstunden nach Vereinbarung.

Das Wort ›Sprechstunde‹ könnte man in diesem Umfeld als böse Ironie verstehen, aber zum Erkennen dieses wunderbaren Wortspiels war ich leider noch zu jung.

Wir hatten also unser Ziel erreicht, betraten den therapeutischen Vorraum und ab da war es amtlich: Wofür andere ein ganzes Leben brauchten, hatte ich schon mit sieben Jahren geschafft. Die erste Therapie.

Meine Mutter grüßte freundlich in die Runde und erkundigte sich bei den anderen Erwachsenen kurz über den Ablauf im Therapiewartezimmer, der sich denkbar einfach darstellte und in zwei Sätzen erklärt war. Die Erwachsenen mit stotternder Begleitung wollten ihre Kinder abgeben, die Solo-Erwachsenen wollten ihre kleinen Sprechperlen abholen. Dieser ständige Wechsel fand immer dann statt, wenn die Therapeutin die Tür zum Wartezimmer öffnete und ein Kind mitbrachte, was mit einigen knappen Worten dem Erziehungsberechtigten ausgehändigt wurde, um dann den frei gewordenen Therapieplatz unmittelbar wieder mit einem Therapiefall zu besetzen, nachdem ebenfalls einige knappe Worte mit dem Therapiefallbringer getauscht worden waren.

Meine Mutter und ich warteten noch gut ein Viertelstündchen, dann endlich öffnete sich die Tür des Wartezimmers und die ältere Dame im weißen Kittel steuerte auf uns zu. Die Therapeutin.

Nach einigen kurzen Worten mit meiner Mutter legte sie die rechte Handfläche auf meinen Rücken und schob mich durch die

Türe einen engen Flur entlang schräg vor sich her. Ich weiß nicht warum, aber ich hatte eine klare Vorstellung von dem, was hier mit mir passieren würde. Ich war fest davon überzeugt, dass ihre Vorgehensweise der eines praktischen Arztes gleicht, also ein Vieraugen-Diagnosegespräch zwischen Arzt und Patient, an das sich dann unmittelbar die Aushändigung eines Rezeptes sowie ein Abklingen der Krankheitssymptome, also meines Stotterns, anschloss. Aber wie so oft im Leben sind die Gedanken nur eine geträumte Fiktion weitab der Realität, und bis zum Erkennen der ersten groben Fehleinschätzung vergingen ungefähr fünf Sekunden. Ich wurde von der sich schnell erwärmenden Hand auf meinem Rücken nicht in ein Arztsprechzimmer geschoben, sondern musste mit Entsetzen feststellen, dass wir geradewegs in die Hölle liefen. In dem sogenannten Therapieraum war ich nicht allein mit der Therapeutin, sondern es waren schon mehrere fremde Kinder im Alter von sechs bis zwölf Jahren da, die mit malen, puzzeln oder Comic lesen beschäftigt waren und alle schlagartig ihre Tätigkeit ruhen ließen, um den Neuzugang zu begutachten. Anstatt in ein nüchternes in kühlem Weiß gestrichenes Sprechzimmer zu kommen, betrat ich ein leicht heruntergekommenes Wohnzimmer im Batiklook mit vielen gemütlichen Sitzgelegenheiten.

Ich versuchte vorsichtshalber erst gar nicht, beim Betreten des Raumes etwas in Richtung Sprache von mir zu geben, obwohl die anderen Kinder natürlich darauf warteten, weil sie genau wussten, weshalb ich da war, und gerne mal eine kleine Sprechprobe leidender Artgenossen hören wollten. Wie ich mich fühlte, das konnten alle gut an meiner Gesichtsfarbe ablesen, denn die hatte den Normalbereich mal wieder deutlich in Richtung Dunkelrot verlassen.

Ich wäre am liebsten sofort wieder abgehauen.

Die Therapeutin hatte ihre heiße, mittlerweile fast glühende Hand immer noch auf meinem Rücken liegen, die mir aber ein klein wenig das Gefühl von Schutz und Geborgenheit in der neuen unbekannten Umgebung mit neuen unbekannten Personen vermittelte, die mich gerade alle anguckten.

Die Temperatur unter der Hand und damit auch auf meinem Hemd nahm ständig weiter zu und ich machte mir echt Sorgen, dass ich in Flammen aufgehen könnte. War zwar nicht gerade wahrscheinlich, aber immerhin denkbar.

»Das ist der Lothar«, wurde ich kurz von ihr vorgestellt, um mich dann mit ihrer Grillhand weiter zu ihrem Schreibtisch zu schieben, der hinten rechts an einem großen Fenster stand und so aussah, als hätte die Therapeutin vollkommen die Kontrolle über ihre Bürotätigkeiten verloren. Sie drückte mich in einen vor dem Schreibtisch stehenden Korbsessel, um jetzt endlich die schon fast eingebrannte Hand von meinem wahrscheinlich verkrusteten Rücken zu nehmen. Ich habe zwar hinten keine Augen im Kopf, aber ich bin mir sicher, dass mein Hemd im oberen linken Rückenbereich so aussah, als hätte meine Mutter das Bügeleisen darauf vergessen. Ich schaute zweimal über meine linke Schulter, ob auch tatsächlich kein Qualm aufstieg.

Nachdem die Therapeutin auf der anderen Seite des Chaostisches Platz genommen hatte, unterhielt sie sich mit mir und stellte einige Fragen, um sich so einen Überblick über die Stärke und Art meiner Störung zu verschaffen. Nach gut zehn Minuten hatte sie sich ein detailliertes Bild gemacht und der Therapieansatz war sofort klar und ähnelte verblüffend dem der anderen Kinder. Und, die Therapie begann sofort. Auch ich sollte mich die nächsten sechzig Minuten mit malen, puzzeln und Comics lesen beschäftigen. Zu Hause in meinem Zimmer las ich stundenlang Comics und es änderte nichts an meinem Sprachfehler. Aber hier hieß das ›therapeutisches Lesen‹, sollte Wunder wirken und kostete deshalb auch richtig Kohle.

Im Laufe der Zeit gewöhnte ich mich an diese merkwürdige Sprachtherapie, die in Wirklichkeit nicht mehr war als ein Kinderhort für über Sechsjährige. Die sogenannte Therapie bestand tatsächlich ausnahmslos aus Malen, Comic lesen und Puzzeln und brachte nicht die Spur einer Besserung. Aber es war auch nicht unangenehm, da wir uns mehr oder weniger selbst beschäftigen konnten und nie zu irgendeiner Sache aufgefordert wurden. Das Highlight war immer, wer die tägliche Rückenmassage von der Therapeutin bekam. Die war echt angenehm und dauerte so zehn Minuten. Zehn Minuten, in denen man sich sicher war, nichts sagen zu müssen, und einfach nur so dahinträumen konnte, während man die angenehmen Streicheleinheiten genoss.

Ich denke an meinen Fast-Wechsel zur Sonderschule, der meinen Eltern dringend angeraten wurde.

Um nicht in jeder Schulstunde aufs Neue zum Gespött der anderen zu werden, meldete ich mich natürlich nie und wenn ich drankam, tat ich so, als wüsste ich die Antwort nicht. Dementsprechend waren dann meine Noten und auch mein Gesamteindruck auf die Lehrer, die der Meinung waren, dass bei mir die intellektuellen Voraussetzungen für einen normalen Schulbesuch nicht vorhanden seien.

Der Schulgong beendet die Pause und holt mich zurück in die Gegenwart und damit auch aus der Toilette. Wir haben noch Mathe und Physik. Sind mit Sport meine Lieblingsfächer, weil man hier nie vorlesen muss. Läuft gut. Ich komm auch nicht mit ›doofe Fragen beantworten‹ dran.

Eigentlich mag ich Schule, wäre da nicht diese alles überschattende, stets anwesende Gefahr der drohenden Selbstdemütigung.

Und Schule ist nicht meine einzige Baustelle!

Name ist Name, da muss ich liefern

Die fünf Wochen Galgen- beziehungsweise Altarfrist sind ins Land gegangen, der Tag des Herrn ist gekommen und ich muss mich um 15:00 Uhr vor dem Nebengebäude der Kirche einfinden. Ich laufe langsam auf den flachen und geweihten Anbau zu und spüre deutlich ein großes Unbehagen in der Magengegend. Und meine Magengegend irrt sich niemals, wenn sie bereits frühzeitig signalisiert, dass die nahe Zukunft mit an Sicherheit grenzender Wahrscheinlichkeit nicht viel Gutes für mich erwarten lässt.

Hier soll also die christliche Gruppenunterweisung stattfinden. Ich bin circa 15 Minuten früher da, um ausgiebig die allgemeine Lage checken zu können. Ich bin immer zu früh, wenn ich irgendwohin muss, damit ich nicht bei einem eventuellen Zuspätkommen eine Erklärung dafür vor mehreren Anwesenden abgeben muss, wobei es dann zu sprachlichen Hängern kommen könnte und der Tag mal wieder gelaufen wäre. Ich muss jede mögliche Gefahr im Ansatz vermeiden.

Während ich so in mich versunken etwas abseits an einer kleinen Mauer stehe, gehen mir schon wieder dunkle Gedanken durch den Kopf. Ich sehe mich schon im Geiste Psalm 23 vorlesen müssen, wobei alle anderen sofort merken: Der wird heute nicht mehr fertig!

Warum kann ich nicht ganz normal sprechen wie andere auch und warum kann ich nicht sorglos überall hingehen wie andere auch, ohne Angst zu haben, was sagen zu müssen und sich dabei voll zu blamieren? Aber wie oft habe ich mir diese Frage schon gestellt? Die Antwort bleibt immer dieselbe: Pech gehabt!

Arschkarte gezogen!

Gerade in solchen Situationen, in denen ich niemanden kenne, bringe ich kein Wort ohne langes Vorspiel raus. Gefahren lauern überall und ich kann nirgendwo hingehen, ohne dass die ständige Angst alles überschattet.

Ich zähle acht Kinder, die allein oder in kleinen Gruppen vor dem Eingang zum Unterrichtsraum stehen. Da ich sehr zurückhaltend und unsicher gegenüber fremden Personen, insbesondere anderen Kindern bin, und am liebsten jeglichen neuen Kontakt vermeide, bleibe ich vorsichtshalber an der kleinen Mauer etwas rechts vom Eingang stehen und beobachte weiterhin die Lage aus sicherem Abstand. Nach und nach treffen noch ein paar Kinder ein, bis plötzlich, um Punkt 15:00 Uhr, noch ein Junge mit Vollspeed auf seinem Fahrrad um die Ecke brettert, mit dem Vorderrad wegrutscht und schwer ins Eiern kommt, sich aber entgegen meinen Erwartungen nicht langlegt, sondern noch den Absprung schafft. Das Fahrrad aber rast führerlos mit Höchstgeschwindigkeit weiter und kracht drei Sekunden später volles Rohr ungefähr zwei Meter neben mir gegen die kleine Mauer, an der ich eigentlich Ruhe und Abgeschiedenheit suche. Ich tue so, als wäre ich vollkommen unbeeindruckt, obwohl ich nicht gerade begeistert bin.

Der Typ mit längeren blonden lockigen Haaren, der im ersten Augenblick einen leicht prolligen Eindruck macht, läuft die restlichen zehn Meter locker ohne Fahrrad aus, hält Kurs genau auf mich zu und kommt nicht nur direkt vor mir zum Stillstand, sondern auch sofort zum Wesentlichen.

»Hasse ma ne Kippe?«, lautet die unverschämte Frage.

Ich schüttele überrascht und deutlich den Kopf, erwidere aber vorsichtshalber nichts Sprachliches auf seinen Versuch, mich anzuschnorren, weil ich keinen Bock darauf habe, hier direkt mit einer ausgiebigen Stotterattacke ins Geschehen einzusteigen. Ich frage mich aber, warum der mich überhaupt anquatscht, obwohl ich ihn noch nie gesehen habe.

Ich habe tatsächlich keine Zigaretten dabei, aber selbstverständlich schon die ersten Rauchversuche gemacht. Auf Lunge läuft noch nicht ganz rund. Die immer wieder auftretenden Hustenanfälle würden mich hier sofort als blutigen Anfänger entlarven. Aber ich arbeite daran. Und ich bin nicht allein. Ich kann in der Gruppe lernen. Stuten und die anderen Jungs aus unserer Siedlung sind genau wie ich damit beschäftigt, lässige Raucher zu werden.

Der blonde Lockenjunge stellt sich kurz mit »Ich bin der Rainer« vor.

»Ich heiß Lothar«, erwidere ich so spontan, dass ich vorher keine mentale Sprachprobe machen kann. Ich bin überrascht und natürlich froh, dass mir mein Name ohne große Verzögerung und ohne epileptische Beigabe über die Lippen kommt. Spontan ist für mich immer gut. Da habe ich vorher keine Zeit zum mentalen Probesprechen und keine Zeit zum Angstkriegen.

Noch bevor wir unser bis dahin dürftiges Gespräch vertiefen können, öffnet sich die Tür des geheiligten Flachbaus. Heraus tritt der Pfarrer und bleibt auf dem Absatz über den drei Treppenstufen zur Eingangstür stehen und macht mit einer deutlichen pastoral geschmeidigen Armbewegung klar, dass wir eintreten möchten. Die meisten Kinder spurten los, als würde der Herrgott drinnen persönlich Geschenke verteilen. Ich habe das Gefühl, die haben noch gar nicht geschnallt, was hier überhaupt los ist, und finden das toll. Normalerweise kann doch niemand son scheiß Konfirmandenunterricht toll finden, oder sehe ich das irgendwie falsch? Ich finde hier jedenfalls nix toll, aber was soll ich machen? Erscheinen ist schließlich Pflicht.

Die Tische im Unterrichtsraum sind wie ein ›U‹ angeordnet. Ich bleibe etwas zurück, wie immer, damit die anderen die vorderen Plätze belegen und ich mich im hinteren Bereich bestmöglich vor dem Pastorenzugriff schützen kann. Während ich mich auf die Strategie meiner Platzwahl konzentriere und auch schon eine potenzielle Sitzgelegenheit im Auge habe, kommt Rainer wie aus dem Nichts von der rechten Seite und sagt zu mir:

»Ey, komm, wir setzen uns da vorne hin, da haben wir gute Sicht auf die Perlen.«

Mit den ›Perlen‹ meint Rainer die beiden Mädchen, die vorne auf der anderen Seite des ›U‹ Platz genommen haben. Wir sitzen an normalen Schultischen, die uns einen guten Blick unter die Tischplatte und damit unter die kurzen Röckchen der Mädchen gegenüber garantieren. Ich kann gar nicht Nein sagen, obwohl vorne zu sitzen so gar nicht meiner Strategie entspricht, außerdem bin ich überrascht, dass mich ein vollkommen fremder Typ einfach anlabert und einen Tisch mit mir teilen möchte, und das auf einem Logenplatz. Aber eigentlich bin ich viel mehr davon beeindruckt, wie schnell Rainer die Situation erkannt hat und sich diesen unter der Tischplatte liegenden optischen Leckerbissen nicht entgehen lassen will. Er scheint diesbezüglich offensichtlich einen Tick weiter in der Entwicklung zu sein als ich.

Rainer und ich haben gerade vor unserer Panoramawand Platz genommen und unsere volle Konzentration ist auf die Schlüpfer von gegenüber gebündelt, da sind die Wohlfühlmomente für diesen Tag auch schon wieder restlos aufgebraucht, denn der Pfarrer sagt genau das, was ich nicht hören will, von dem ich aber schon geahnt habe, dass ich es heute wieder hören werde: Dem besseren Miteinander und dem schnelleren Kennenlernen wäre es zuträglich, wenn sich jeder erst einmal mit seinem Namen

44

vorstellen würde.

Das sind die Momente, vor denen ich ständig Panik habe und die ich hasse wie die Pest. Bei solchen Kackveranstaltungen sollen sich immer alle vorstellen, um sich besser kennenzulernen. Was soll das? Ich kann mir doch keine zwanzig Namen merken. Und wie soll ich dabei jemanden kennenlernen? Der Einzige, der bei dem ganzen Mist von allen kennengelernt wird, bin nämlich ich. Ich soll auf Kommando meinen Namen vor vielen Personen sagen, die ich nicht kenne und die mich alle dabei angucken. Das bring ich einfach nicht. Namensagen ist die größte Scheiße! Da kann ich nicht drum rumreden oder so tun, als wenn ich den nicht wüsste. Und da gibts auch keine FrikkomitSenf. Name ist Name! Da muss ich liefern! Rein statistisch gelingt mir das aber nur jedes fünfte Mal mängelfrei, und das weiß ich natürlich, weshalb ich auch immer sofort Panik kriege, wenn wieder scheiß Namensagen angesagt ist.

Der Pfarrer macht eine kleine sakrale Handbewegung in Richtung Rainer und deutet damit an, dass er beginnen möchte mit der fröhlichen Kennenlernkacke.

Ich bin wie elektrisiert und es ist, als würde ein lauter schriller Dauerton in meinem Kopf jegliche Wahrnehmung im Keim ersticken. Wenn ich Rainers Namen nicht schon kennen würde, würde ich jetzt nicht erfahren, wie er heißt. Ich weiß nur noch, dass ich in circa fünf Sekunden meinen Namen sagen muss, alles andere ist weg und ich nehme nichts mehr auf. Ich spreche innerlich meinen Namen sofort in mehreren Varianten durch: *Lothar, mein Name ist Lothar, ich bin der Lothar ...*

Vor zehn Minuten konnte ich draußen bei Rainer noch vollkommen flüssig meinen Namen aussprechen und obwohl ich jetzt genau dieselben Worte sagen soll, wird es eng, um nicht zu sagen, verdammt eng, denn ich bin schon an der Reihe und muss allen aufmerksamen Zuhörern meinen Namen vortragen. Ich kann keinen klaren Gedanken fassen und weiß nicht, für welche Variante ich mich entscheiden soll, weil beim mentalen Probesprechen alle Möglichkeiten im roten Bereich sind, aber ich muss jetzt was sagen, und zwar meinen Namen.

Mein Kiefer fängt schon leicht an zu zucken, und um mir noch eine winzige Chance zu verschaffen, täusche ich einen Hustenanfall vor, der mir vielleicht noch fünf bis zehn Sekunden ›Luft‹ verschafft. Ich huste los, als würde ich seit meinem dritten Lebensjahr Kette rauchen und der Anschluss ans Sauerstoffgerät nur noch eine Frage von Sekunden sei, aber ich finde einfach keinen Ansatzpunkt, um meinen Namen störungsfrei rauszubringen.

Der Anfang eines Wortes oder eines Satzes ist die große Hürde. Wenn ich den ersten Buchstaben und den Übergang zum zweiten gepackt habe, ist der Weg für den Rest des Wortes und des Satzes meist frei. Jetzt aber finde ich den Übergang vom ›L‹ zum ›o‹ nicht, obwohl ich nur die Zunge vom Oberkiefer lösen müsste, denn ohne Zunge am Oberkiefer gibt es auch kein ›L‹ mehr und das ›o‹ kommt von ganz allein, wenn die Zunge unten ist. Ich pack es aber nicht, weil ich in solchen Momenten einfach nicht denken kann, und deshalb hängt das scheiß ›L‹ in der Schleife. Zur weiteren Unterstützung lasse ich meinen Kugelschreiber fallen und bücke mich mit weiter besorgniserregendem Husten danach. Einige Jugendliche lachen jetzt schon über die komische Situation, während ich noch immer mit meinem Namen beschäftigt bin. Jetzt, hier unten beim Kugelschreiber, kann mich keiner mehr angucken, und ich setze beim Hochkommen noch mal neu mit meinem Vornamen an. Das funktioniert aber auch nicht richtig gut, denn ich habe wieder einen kleinen Hänger und gebe das scheiß ›L‹ deutlich hörbar mehrfach hintereinander von mir, bevor mir beim vierten scheiß ›L‹ der Übergang zum ›o‹ gelingt. Zu spät. Die anderen haben natürlich bemerkt, dass ich stottere, und alle lachen jetzt wie immer. Ich hab die Schnauze schon wieder wie immer gestrichen voll, schäme mich wie immer und werde rot wie immer, aber immerhin, die ganz große Vorstellung ist es zum Glück nicht geworden. Ich meine so einen richtigen Hänger, wenn nichts mehr geht. Ohne meinen Husten und meinen Kugelschreiber wäre die Sache garantiert zur absoluten Vollkatastrophe mutiert.

Ich hasse dieses scheiß ›L‹ am Anfang meines Namens, weil das für mich echt extrem schwer auszusprechen ist.

Glücklicherweise stellt sich mein Nachbar zur Rechten schon unmittelbar nach mir vor, sodass die namentliche Selbstauskunftsrunde zügig fortgesetzt und die Aufmerksamkeit von mir genommen wird. Ich fühle mich mal wieder wie ausgeschissen und würde am liebsten im Erdboden versinken.

Das ist immer derselbe Mist! Bei solchen Veranstaltungen muss man immer seinen Namen sagen und alle wissen immer schon am Anfang, wer der Idiot in der Truppe ist, über den man sich so wunderbar lustig machen kann. Das nervt dermaßen. Und die Mädchen wissen auch sofort Bescheid, an welchen Typen sie den großen Haken machen können.

Ich weiß, ich habs schon durchblicken lassen, aber ich möchte es noch mal ganz deutlich sagen: Leute, das kotzt mich echt an!

Der erste Tag des Konfirmandenunterrichts nimmt glücklicherweise ohne weitere deprimierende Vorkommnisse seinen Lauf. Nach der Doppelstunde stehen Rainer und ich noch eine Weile vor der Kirche rum und tauschen die ersten Daten aus. Also wo wir wohnen, wie alt, welche Schule und überhaupt. Und wir bestätigen uns unsere gegenseitige Abneigung vor dem K-Unterricht, abgesehen von der guten Aussicht, die natürlich auch

Bestandteil unseres kleinen Plausches ist. Rainer will natürlich wissen, warum ich so gezuckt habe beim Sprechen. Ich erkläre ihm einigermaßen flüssig meine Misere und weise vorsorglich darauf hin, dass ich nichts bescheuerter finde, als Späßchen über meinen Sprachfehler zu machen. Er hats verstanden, und dann ist das Thema abgehakt.

Die Wochen gehen ins Land, Rainer und ich werden schnell gute Freunde und wir treffen uns auch abseits dieser vollkommen überflüssigen kirchlichen Unterweisung, bei der wir uns aber stets an dem malerischen Ausblick gegenüber erfreuen können. Doch leider sind die schönsten Dinge im Leben oft sehr vergänglich, und das bekommen wir deutlich zu spüren, als sich die Wetterlage ändert. Wind, Regen und kühle Temperaturen bereiten den kurzen Röckchen auf der gegenüberliegenden Seite ein jähes Ende und die Einladung zum Träumen wird nun von langen Hosen verhüllt, wodurch sich für Rainer und mich der letzte zwingende Grund zur Teilnahme an dieser für uns sinnlos erscheinenden Veranstaltung verabschiedet hat. Mit Beginn der Schlechtwetterperiode und dem damit einhergehenden Motivationsverlust entschließen sich Rainer und ich des Öfteren gegen eine Teilnahme am K-Unterricht.

Die Zeit kann man sinnvoller nutzen.

Frolic Spezial

Heute haben wir in der vierten Stunde Englisch, und es sieht so aus, als müsste ich tatsächlich am Unterricht teilnehmen. Meine Mutter war vor zwei Tagen zum wiederholten Male in die Schule einbestellt worden, um ihr nochmals dringend anzuraten, positiv auf mich einzuwirken, da es bei weiteren unentschuldigten Fehlstunden zu einem Verweis der Schule kommen könnte. Darüber hinaus sei ich der Störenfried Nummer eins und damit eine große Belastung für den Unterricht.

Ich muss also etwas Gras über die Sache wachsen lassen und die Füße stillhalten, sonst kann ich mich tatsächlich bald woanders bewerben. Es gibt kein Entrinnen, ich werde dieser toxischen Fremdsprachenrunde beiwohnen müssen, so sehr ich mich auch davor drücken möchte. Englisch liegt im Risikoranking noch vor Französisch, obwohl ich Englisch ›besser‹ aussprechen kann als Französisch. Und der Grund für diese explosive Hochrisikosituation ist der Lehrer. Der mag mich überhaupt nicht, weil ich dauernd störe.

Ich begebe mich also widerwillig in der vierten Stunde zum Klassenraum, um am Englischunterricht teilzunehmen, schon ahnend, dass es heute zu einem Vorfall kommen wird, und mit Vorfall meine ich meine Demütigung.

In den ersten fünfzehn Minuten wird noch kurz die vorherige Lektion im Englischbuch abgeschlossen, deshalb ist Vorlesen noch nicht angesagt. Ich drehe mir gerade für die Pause schon mal eine Kippe unterm Tisch, als mir Sawi, mein durchgeknallter Tischnachbar zur Linken, ein vollkommen schwachsinniges Rätsel auf einem Zettel rüberreicht, dass ich mir vor Lachen fast in die Hose mache. Ich kann einfach nicht aufhören und stecke

49

deshalb die ganze Klasse mit meiner Lachattacke an, was dem Englischlehrer überhaupt nicht gefällt, weil ihm keiner mehr zuhört. Er ermahnt mich aber nicht und greift bei mir auch nicht mehr zur üblichen Bestrafung, weil er genau weiß, dass es mich nicht sonderlich schreckt, wenn ich rausgeschmissen werde. Im Gegenteil! Wenn ich nur eine Minute im Klassenraum bin und dann rausgeschmissen werde, gelte ich als anwesend, kassiere keine Fehlstunde und laufe keine Gefahr, mit sprachlichen Aussetzern das Gespräch des Tages zu werden. Rein sachlich betrachtet ist ein Rausschmiss für mich deshalb die wünschenswerteste Variante, um den Schulalltag abzuarbeiten, weshalb ich auch so häufig davon Gebrauch mache.

Leider ist unser Englischlehrer nicht so blöd, wie er aussieht, denn dann wäre der Typ voll gestört. Der weiß natürlich, dass ein Rausschmiss für mich quasi eine Belohnung ist, und deshalb rächt der sich auf seine Art: Der nimmt mich mit Vorlesen dran! Und wenn ich dann anfange zu stottern, kann ich in seinen Augen sehen, wie sich Hass und Schadenfreude vereinen und wie er meine Bloßstellung genießt. Und genauso soll es heute wieder passieren. Nein, das stimmt nicht ganz. Heute will er es nicht wie sonst bei seiner üblichen Vorlesestrafe belassen, heute will der alte Sack mir richtig einen reinwürgen und meine Stotterattacke noch mit einem kleinen Witzchen garnieren.

»Open your books, page 132. Udo, please read«, lautet die kurze Anweisung, die selbstverständlich auf Englisch gegeben wird, weil im Englischunterricht eben nur Englisch gesprochen wird. Das erste Kapitel des neuen Textes teilen sich Udo und Harry. Der Sack nimmt mich absichtlich nicht sofort dran, um noch ausgiebig die schönen und emotional tiefen Momente der Vorfreude zu genießen, weil er weiß, dass ich weiß, dass ich gleich drankomme und deshalb die ganze Zeit schon voll die Düse hab.

Dann ist der Zeitpunkt gekommen und mein Name hallt in die Klasse, verbunden mit der Aufforderung, den nächsten Abschnitt zu lesen. Der weiß natürlich auch ganz genau, dass ich das nicht packe, und seine Augen quellen mehr hervor als sonst, weil er jetzt endlich seinen verschärften Züchtigungsplan vollstrecken kann.

Ich habe wie fast immer direkt am Anfang einen schweren Hänger und bekomme die ersten fünf bis zehn Sekunden keinen vernünftigen Ton raus, und genau darauf hat der Arsch schon gewartet, um seinen vernichtenden Kommentar loszuwerden.

»Das kannst du ruhig vorlesen, Lothar, das ist nichts Unanständiges«, sagt das Sackgesicht mit selbstgefälligem Grinsen schön laut in die Klasse, aber ausnahmsweise auf Deutsch, damit auch jeder sein Späßchen versteht und keiner seinen Triumph verpasst.

Die Klasse tobt und alle lachen sich kaputt. Ich schaue hoch und sehe diese unendliche Genugtuung in seinen Augen, dieses breite selbstgefällige Grinsen, während er seine Blicke mit ganz leichtem Kopfnicken durch die Klasse streifen lässt, um die Ernte für seine gelungene Vorführung einzufahren. Man sieht ihm an, wie sehr er es genießt, mir mental voll eine reinzuhauen.

Ich wette, seine Feinrippunterhose ist im Bereich des Eingriffs nicht mehr ganz trocken.

Ich klappe mein Buch zu, nehme meine Tasche und verlasse kommentarlos den Klassenraum. Ich schließe laut von außen die Klassentüre und höre beim Weggehen noch, wie die gute Stimmung in der Klasse anhält und nicht von der psychologisch top ausgebildeten Lehrkraft unterbrochen wird. Man darf sich noch ein wenig auf meine Kosten amüsieren.

Eigentlich wollte ich beim Rausgehen ›Wichser‹ sagen, aber durch diesen scheiß Sprachfehler kann ich den alten Sack noch nicht mal richtig schön beleidigen.

Tja, Leute, Wichser fängt mit ›Wi‹ an, genau wie Wien. Und da brauche ich ja wohl nicht viel zu erzählen. ›Arsch‹ kann ich auch nicht sagen, fängt mit einem Vokal an. Da kann aus der schön gedachten und vollmundigen Beleidigung ganz schnell ein schmerzhaftes Stottereigentor werden und der Sack lacht sich doppelt auf meine Kosten kaputt.

Aber wo wir gerade beim Thema sind! Wenn mich jemand blöd anmacht, kann ich mich einfach nicht richtig wehren. Kommt es bei einer verbalen Auseinandersetzung zu einem schweren sprachlichen Hänger, und die Wahrscheinlichkeit grenzt nah an hundert Prozent, löst sich jeglicher Respekt vor meiner Person in Luft auf. Mein Gegenüber hält mich für behindert und macht bestens gelaunt Späßchen über mein Sprachtalent. Und das ist echt Superkacke! Das könnt ihr euch nicht vorstellen. Aber noch größere Kacke ist, dass mir vorhin nicht spontan eingefallen ist, einfach ›Du Wichser‹ oder ›Du Arsch‹ zu sagen, schön in einem Schwung und schön gebunden, dann hätte ich das blöde ›Wi‹ oder das ›A‹ nicht am Anfang stehen gehabt und alles schön locker und gebunden rübergebracht.

Na ja, egal. Merke ich mir fürs nächste Mal.

Ich habe jetzt noch dreißig Minuten Zeit bis zur nächsten Stunde, und das ist Französisch. Ist aber auch ein Hochrisikofach und muss heute auf jeden Fall gemieden werden, denn zwei Zwischenfälle an einem Tag sind für mich schwer zu verkraften, und deshalb gehe ich auf Nummer sicher und beende frühzeitig meinen Schulvormittag. Scheiß auf die Fehlstunden. Andere Schulen haben auch nette Lehrer.

Da es die letzte Stunde ist, bin ich nicht rüber in den Stadtpark, um die Zeit totzuschlagen, sondern direkt nach Hause. Stuten entschuldigt mich und sagt, mir sei schlecht.

Ich hoffe, unser Französischlehrer weiß noch, von wem Stuten spricht.

Gegen kurz nach zwölf schließe ich unsere Haustür auf und noch bevor der Geruch des in Zubereitung befindlichen Mittagessens mich in seinen Bann ziehen kann, sehe ich schlagartig, was ich die ganze Zeit vergessen habe: Ich habe euch unseren Hund noch nicht vorgestellt!

Tut mir echt leid, Leute, aber der ist so was von intelligent und unkompliziert, dass man den überhaupt nicht wahrnimmt. Ich würde grob schätzen, sein IQ liegt bei 140, plus/minus fünf. Der lebt quasi für sich.

Er ist ein ausgeglichener Zwerglanghaardackel mit freundlichem und sehr sozialem Charakter, der aufgrund seiner ausgeprägten Freiheitsliebe selbstverständlich auch bekennender Single ist. Sein Geburtsname ist ›Lionel vom Nollenkopf‹ und seiner adeligen Erscheinung durchaus angemessen. Trotzdem empfanden wir den Namen, wie soll ich sagen, zu wenig alltagstauglich, und plötzlich hieß er Patt. Ich habe keinen blassen Schimmer, woher der Name kommt, und komischerweise wissen es meine Eltern auch nicht mehr. Jetzt heißt er halt so. Ich denke mal, Patt ist das scheißegal. Patt spricht sich übrigens deutsch aus, mit richtigem ›A‹ wie bei ›Pappsatt‹.

Patt hat sehr schnell unsere familiäre Vorliebe für gutes, gerne auch ausgefallenes Essen in seine ausgeglichene und weltoffene Persönlichkeit mit eingebunden. Er bevorzugt Frolic Spezial. Die einzelnen Frolic sehen aus wie Minidonats, wobei das Loch in der Mitte mit Geflügelleberwurst gefüllt werden muss, und zwar nicht zu knapp. Nicht oder nicht reichlich genug gefüllte Frolic werden aufs Schärfste abgelehnt und bleiben auf seinem Teller liegen. Er belässt es aber nicht allein bei der Verweigerung der

Ausschussware, er macht dann zusätzlich mit strengen Blicken deutlich, dass die Nahrungszubereitung beim nächsten Mal besser geht, und so ganz nebenbei: Das Hundeauge isst schließlich mit.

Wenn er dann die nett angerichteten Frolic Spezial aus seinem flachen Porzellannapf verspeist hat, macht er immer ein kleines Nickerchen auf der Cordcouch im Wohnzimmer, wo er selbstverständlich seinen festen Platz hat. Aber bevor er ins Reich der Träume versinkt, lässt er sich gerne im Liegen noch sein Dessert servieren: Hundeschokodrops. Leute, die Dinger sehen original aus wie richtige, leckere Vollmilchschokolinsen, und die schmecken auch original so!

Wir naschen gemeinsam ungefähr die halbe Dose leer, dann übermannt Patt die Müdigkeit und er fällt in tiefen Schlaf. Das gibt mir die Gelegenheit, den Rest der köstlichen Hundeschokodrops allein zu verspeisen. Danach spüle ich meinen schokoverschleimten Hals noch kurz mit Fanta durch, dann gehe ich auf mein Zimmer und mache erst mal Musik an.

So ungefähr eine Dreiviertelstunde später ist Patts Verdauungsschläfchen beendet. Das macht er deutlich, indem er vor der Haustüre steht und einmal kurz bellt. Soll heißen: Patt will raus, und zwar zügig! Mit ihm muss aber niemand Spazierengehen, Patt ist lieber allein unterwegs. Er weiß genau, wo er laufen muss, damit ihm nichts passieren kann. Sein Gebiet erstreckt sich vom Wendehammer unserer Sackgasse bis zum Garagenhof und will täglich in Augenschein genommen werden, damit er auf unangenehme Veränderungen sofort reagieren kann. Wenn er dann nach ungefähr zwanzig Minuten seinen Kontrollgang beendet hat, bellt er wieder einmal kurz vor der Haustüre. Soll heißen: Patt will rein, und zwar zügig!

Diese Eigenständigkeit, seinen Tagesablauf weitestgehend

ohne menschliche Begleitung zu gestalten, zeigt Patt täglich auch an anderer Stelle.

Nachmittags fährt er mit meinen Eltern ins Juweliergeschäft. Dort hat er seinen Stammplatz vor dem Schaufenster direkt neben der Eingangstür, von wo aus er gerne kleinere Exkursionen in die nähere Umgebung unternimmt. Er steuert bevorzugt die Metzgerei und den Feinkostladen auf der Geschäftsstraße an, wo er gut bekannt ist und sich gerne mit kleineren Zwischenmahlzeiten sein Dasein versüßen lässt. Er mag es gerne etwas deftiger von der Metzgerei, aber hier ist Zutritt für Hunde verboten, sogar für Patt. Erschwerend kommt hinzu, dass der Eingangsbereich des Geschäfts drei Stufen erhöht liegt und darüber hinaus von der Bedientheke nicht einzusehen ist. Deshalb dauert es immer einige Zeit, bis neu eintretende Kunden die Metzgerdamen auf die Anwesenheit von Patt aufmerksam machen können. Danach nimmt sich die nächste frei werdende Thekenkraft der Raubtierfütterung an und serviert für Patt unterhalb der Treppe einen kleinen Überraschungsteller, gepaart mit einem kleinen Kopfstreichler.

Sicher, so richtig frische Metzgerware schmeckt schon vorzüglich, aber die Wartezeit, die schmeckt Patt überhaupt nicht. Aus diesem Grund fällt seine Wahl bei den kulinarischen Kurzreisen in letzter Zeit immer häufiger auf die nicht minder schmackhaften Produkte des zwei Häuser weiter ansässigen Feinkostgeschäfts, in dem auch meine Mutter fast täglich ihre Einkäufe erledigt. Hier liegt der Eingang zu ebener Erde und die Türe ist immer auf, weshalb man hier den Zugang für Patt durchaus als barrierefrei bezeichnen könnte. Und obwohl an der offenen Türe kein Wir-müssen-leider-draußen-warten-Schild hängt, bleibt Patt ordnungsgemäß vor der Türe stehen, weil er natürlich weiß, dass Hunde keinen Zutritt haben. Im Normalfall ist hier nicht so viel Betrieb wie beim Metzger, sodass man ihn immer schnell wahrnimmt und sein Häppchen umgehend neben der Tür positioniert wird. In seltenen Fällen aber stehen Herr und Frau Feinkost bei leerem Geschäft mit dem Rücken zu ihm und schneiden Wurst und Schinken auf. Dann hat er keine Wahl und er muss sich bemerkbar machen. Er bellt, nein, bellen ist nicht der richtige Ausdruck, es ist eine Mischung aus jaulen und bellen; er jaulbellt also zweimal durch die Eingangstüre. Soll heißen: Patt hat Hunger, und zwar richtig!

Danach geht alles sehr schnell, und es dauert keine Minute von der wehleidigen Bestellung bis zum freundlichen Servieren. Natürlich auch mit Kopfstreichler, ich glaube sogar Doppelstreichler. Er isst mit Appetit, aber nicht hastig, und wenn er fertig ist, stellt er sich kurz vor die Eingangstüre und wartet, bis das Ehepaar Feinkost ihn anschaut, dann leckt er sich langsam und gut sichtbar zweimal mit der Zunge über seine Schnauze. Dann liegen sich die Inhaber in den Armen, schauen sich an und versinken in Glückseligkeit, weil Patt ihnen dieses wunderbare Kompliment gemacht hat.

Manchmal, wenn die Inhaberin allein im Geschäft ist und ihm heimlich Roastbeef an Käsestreifen serviert, stellt er sich nach genüsslichem Verzehr in die Eingangstür und leckt sich dreimal ganz, ganz langsam mit seiner Zunge über die Schnauze. Soll heißen: ›Exquisit!‹ Dann hat die Inhaberin immer feuchte Augen und kommt noch mal schnell für einen Doppelstreichler zur Tür.

Jetzt aber mal zurück zum eigentlichen Thema!

Patt schätzt bei den Feinkosts neben der gepflegten Speisenauswahl und der überaus freundlichen Bedienung vor allen Dingen die zügige Bearbeitung seiner Essenswünsche, denn sein eigentlicher Platz ist ja, wie schon gesagt, vor dem Schaufenster direkt neben der Eingangstüre, und den möchte er nicht gerne für längere Zeit verlassen und seine Pflichten vernachlässigen. Denn das ist der Ort, an dem er seine hohe soziale Intelligenz, die ihn so einzigartig macht, jeden Tag eindrucksvoll aufs Neue demonstriert.

Er beobachtet genau, welche Kunden das Geschäft betreten, ist in den meisten Fällen tiefenentspannt und zeigt keinerlei Reaktion, auch dann nicht, wenn sich die Leute zu ihm runterbeugen und ihm total schwachsinnige Fragen stellen. Patt verdreht bei so viel Dummheit immer die Augen und denkt sich: *Egal, die sind zwar voll behämmert, aber gutmütig.*

Wenn aber Personen mit unangenehmem oder aggressivem Charakter den Weg zur Verkaufstheke suchen, verlässt er umgehend seine statuenhafte aufrechte Sitzhaltung, setzt sich in Bewegung, geht zwei, drei Schritte hinterher und bellt dann als Warnung für meine Eltern zweimal kurz ins Geschäft. Soll heißen: Arsch im Anmarsch! Aber ein richtiger!

Und der irrt sich niemals! Ohne Scheiß, ich schwör!

Tja, Leute, so ist Patt.

Jetzt hab ich vor lauter Laberei fast vergessen, dass Patt unten vor der Tür steht und reinwill. Ich eile also aus meinem Zimmer nach unten zur Haustüre, um Patt zu öffnen, und muss feststellen, dass er entgegen seinen sonstigen Gewohnheiten provokant langsam an mir vorbeiläuft und bewusst auf fröhliche Attribute verzichtet, während er mir äußerst schlecht gelaunt in die Augen schaut.

Scheiße! Ich hab vorhin total vergessen, die leere Dose vom Wohnzimmertisch wegzuräumen. Der hat bestimmt beim Wachwerden schon gemerkt, dass ich mir die restlichen Hundeschokodrops allein reingezogen hab. Patt hat nämlich nicht nur eine feine Nase, Patt hat auch Adleraugen.

Ich glaube, der ist echt sauer! Da kommen schwere Tage auf mich zu.

Freddy Fakir

Es ist mal wieder K-Tag und Rainer und ich begeben uns wie mittlerweile fast immer anstatt zur christlichen Erziehung direkt zu der in unmittelbarer Nähe zur Kirche gelegenen Straßenbahnendstation. Der Ort ist logistisch top. Hier ist eine Trinkhalle, an der man zur Not Zigaretten einzeln kaufen kann, wenn die Kohle mal wieder knapp ist. Außerdem wird nicht lange nach dem Alter gefragt. Für zehn Pfennig steht entweder eine HB, eine Marlboro oder eine Camel zur Wahl. Die anderen Marken gibt es nur als Schachtel. Direkt hinter der Trinkhalle ist eine gut sichtgeschützte Bank, auf der wir unseren Nikotinspiegel erst mal wieder auf Normalniveau bringen können, um dabei ein bisschen zu plaudern. Ich habe noch eine halbe Schachtel Peter Stuyvesant und biete Rainer eine an. Stuyvesant ist jetzt nicht gerade der absolute Bringer, aber gerade stark genug, um nicht auf Ablehnung zu stoßen, wie es etwa bei einer Lord extra passieren könnte.

Lord extra zu rauchen ist wie atmen!

Wir reden so über dies und das, als Rainer plötzlich freudig erwähnt, dass in drei Wochen bei seinem Schulkollegen Manni eine Party stattfindet, die allen Erwartungen nach erstklassig werden soll: reichlich Getränke, von Manni gesponsert, gute Musik, weil Manni eine echt starke Plattensammlung hat, weshalb er auch immer zu anderen Feten eingeladen wird, damit man aus seinem reichhaltigen Musikfundus für das Gelingen der eigenen Fete schöpfen kann. Frauen sollen auch kommen, und zwar nicht zu knapp. Komischerweise sagen wir statt Mädchen immer Frauen, wahrscheinlich um erwachsener zu wirken, obwohl wir alle noch einen Kinderausweis haben.

Rainer meint, er könne Manni ja mal fragen, ob ich

mitkommen könne, was laut seiner Einschätzung eigentlich kein großes Problem darstellen sollte. Ich antworte mit einem kurzen Kopfnicken und einem freudig erregten Gesichtsausdruck, weiß aber nicht genau, ob ich begeistert sein soll oder ehrlich zu mir selbst. Denn eigentlich geht mir voll die Düse. Das wär die erste richtige Party mit Mädchen, jeder Menge fremder Leute und wahrscheinlich auch mit Tanzen. Tanzen ist auch so was, was sich in meiner Vorstellung überhaupt nicht gut anfühlt. Ich habe noch nie getanzt und habe auch absolut keinen Plan, was auf der Tanzfläche eigentlich Sache ist. Das Szenario kommt mir aber unangenehm bekannt vor: Ich muss etwas machen, was ich nicht kann, und dabei schauen mir viele Leute amüsiert zu.

Ich würde niemals freiwillig ein Mädchen zum Tanzen auffordern und die sichere Katastrophe selbst heraufbeschwören. Ich müsste ja einen Vollaussetzer haben und vom Schwachsinn getrieben sein, mein Schicksal auf so gefährliche Art und Weise herauszufordern. Aber auch wenn ich selbst keinen Kontakt zu meinem Schicksal aufnehme und jegliche Aktivität vermeide, besteht immer noch die Gefahr, dass ich aufgefordert werde und sich dann alle über meine tänzerische Darbietung kringelig lachen. Okay, da könnte ich mit einer traurigen Geschichte vom verstauchten Fuß gerade noch so rauskommen. Kein Entrinnen von der unabwendbaren Bloßstellung gäbe es allerdings, wenn mich ein Mädchen anspricht und sich womöglich mit mir unterhalten will. Was, wenn ich dann nur mittelschwer mit dem Mund zucke und eine Ewigkeit an meinem ersten Wort arbeite, anstatt etwas Sinnvolles gut artikuliert und flüssig von mir zu geben?

Davon stand nichts in der ›Frivol Extra‹!

Andererseits muss ich schließlich irgendwann damit anfangen, etwas in Richtung des weiblichen Geschlechts zu wagen, um jemals die Chance zu haben, von der Theorie hinüber in die Praxis zu gleiten. Aber eine Party, auf die sich andere freuen, ist für mich eine harte Prüfung, deren Verlauf und Ausgang völlig offen ist. Ich kenne dort niemanden, ich kann nicht tanzen und ich kann nicht richtig sprechen. Das macht dreimal nein und ganz ehrlich, Leute: Das hört sich auf den ersten Ton für mich nicht gerade so an, als wenn ich da Bock drauf hätte. Da bleibt mir nur die Hoffnung, dass Manni Nein sagt zu meinem Erscheinen, dann könnte ich meine Partyentjungferung noch ein bisschen hinausschieben.

Aber neugierig bin ich schon. Und nicht nur neugierig. Ihr wisst schon. Auf Dauer ist die ›Frivol Extra‹ und die damit einhergehende chronische Sehnenscheidenentzündung der rechten Hand auch keine Lösung.

Nachdem wir jeder zwei Stuyvesant geraucht und alle belanglosen Dinge abgearbeitet haben, verabschieden wir uns und verabreden uns für übermorgen bei Rainer.

Ich war übrigens vor drei Wochen zum ersten Mal bei Rainer zu Hause und weiß seitdem, dass ein Besuch bei ihm eine harte körperliche Prüfung ist.

Um Zugang zur Wohnung zu bekommen, muss man auf Anweisung von Rainers Mutter vor der Tür die Schuhe ausziehen, um dann auf Socken über Rainers Teppichboden laufen zu dürfen. Warum auch nicht. Wahrscheinlich soll in seinem Zimmer ein flauschiger Belag geschont werden. Ich gehe in kurzem Abstand hinter Rainer her in sein Zimmer, wobei Rainer mit einem fließenden Übergang vom Linoleumboden des Flurs auf den Teppichboden seiner Räumlichkeiten wechselt. Bei mir sieht das anders aus. Ich laufe locker durch den Linoleumflur, ohne mir irgendwelche Gedanken über zu erwartende Gefahren zu machen. Ich betrete gut gelaunt zuerst mit dem nur durch einen Socken geschützten rechten Fuß Rainers Teppichboden und es fühlt sich an, als würde meine Fußsohle von Hunderten Rasierklingen aufgeschlitzt. Ich springe reflexartig zurück auf den rettenden und kühlenden Linoleumboden im Flur, um mich vor weiteren schweren Verletzungen in Sicherheit zu bringen, und mein erster Blick richtet sich sofort auf die Auslegeware. Der optische Eindruck unterstreicht zu hundert Prozent den gefühlten. Ich sehe und fühle einen Bodenbelag, der beim Kauf offensichtlich falsch etikettiert war, denn er fällt ganz sicher nicht in die Kategorie Teppichboden. Ich würde diesen Bodenbelag eher in die Kategorie Stacheldrahtmattenboden einordnen, denn dann müsste der Käufer eines solchen Produktes wegen der hohen Sicherheitsstufe mindestens achtzehn Jahre alt sein und über eine Ausbildung zum Ersthelfer verfügen. Auch die Farbe ist stimmig. Wie verrostete Eisendrähte. Es ist mir fast nicht möglich, mich in Rainers Zimmer fortzubewegen, und Rainer läuft über den Mörderboden, als wäre es Moos. Wie Freddy Fakir.

Ich versuche, bei Rainer jetzt immer mit möglichst wenigen Schritten vom Flur aus einen der beiden blumig-orange bezogenen Styroporsessel zu erreichen, um mich dann nicht mehr daraus zu erheben, bis ich wieder gehe. Aber in seltenen, ganz bestimmten Fällen nehme ich die quälenden Schmerzen in Kauf und verlasse den schützenden Sessel, um mich auf eine ungewisse Reise durch Rainers Zimmer zu begeben, wobei meine körperliche Unversehrtheit stets an einem seidenen Faden hängt.

Und dieses unkalkulierbare Risiko nehme ich immer dann in Kauf, wenn Rainers Mutter in ihrem Tischgrill ein Hähnchen für uns gegrillt hat. Mit superkrosser Haut, die beim Essen leise knackt. Mmmmhh!

Aber gegessen werden darf nur in der Küche!

Mahlzeit!

Okay, die Story war jetzt nicht so wichtig, aber kann man ja trotzdem mal erzählen, oder?

Ich find schon.

Kellerkultur

In unserer Wohnsiedlung nimmt der Siegeszug der Pubertät selbstverständlich auch seinen vollen Lauf. Die Legosteine sind auf Nimmerwiedersehen unter dem Bett verschwunden, aus den braven Kindergeburtstagen mit Eierlaufen, Kronkorken angeln und Kakaotrinken werden jetzt die ersten kleinen Treffen mit Musik und Tabak. Sogar Stuten hat seine Knickerbocker-Lederhose mit Achtenderhirschemblem zwischen den Hosenträgern gegen eine Wranglerjeans aus dem US-Verkauf getauscht.

Die Einfamilienhäuser in unserer Siedlung sind sehr großzügig gebaut und bieten viel Platz, vor allem in den Kellern, die von unseren Eltern irgendwie nicht so richtig genutzt werden, dagegen für uns wie gemacht sind und dementsprechend schnell auch von uns in Beschlag genommen werden. Unsere Eltern sind froh, dass wir nicht irgendwo auf der Straße rumlungern, sondern vermeintlich wohlbehütet einen großen Teil unserer Freizeit in den heimischen vier Wänden verbringen. Und wir sind froh, dass wir ungestört von den Erziehungsberechtigten bei Musik und Tabak in aller Ruhe abhängen können und nicht dauernd bei Wind und Wetter draußen nach geeigneten Treffpunkten suchen müssen. Darüber hinaus haben die gut ausgebauten Keller alle zusätzlich einen separaten Seiteneingang, wodurch unbeobachtetes Kommen und Gehen für uns absolut garantiert ist.

So entwickelt sich eine Kellerkultur, die meine gesamte Jugend prägt. Hier trifft man sich, hört oder macht Musik, raucht gemeinsam eine Kippe nach der anderen, erzählt sich dies und das, und so langsam finden auch erste alkoholische Getränke den Weg in unsere Mitte. Mädchen sind allerdings noch Mangelware.

Diese Art der lockeren Unterhaltung mit Freunden bei Musikuntermalung und eventuell einem Fläschchen Bier lässt mich verbal spontaner werden und meine Angewohnheit, vorher jedes Wort auf Aussprechbarkeit zu prüfen, um dann Angst zu bekommen, weitestgehend vergessen. Ich stottere unter Freunden bei Weitem nicht so viel wie in der Schule, am Telefon oder in einem Geschäft, weil ich hier ja nix auf Kommando vorlesen oder schwachsinnige Fragen beantworten soll, deren Antwort jeder kennt und alle auf meine verbale Wiedergabe warten. Hier im Keller unter Freunden vergesse ich meistens sogar, dass ich eigentlich nicht richtig sprechen kann, und sprachliche Hänger sind echt selten geworden. Hinzu kommt, dass hier keiner über mich lacht, wenn ich doch mal etwas länger für ein Wort brauche, was aber, wie schon gesagt, immer seltener vorkommt. Das merke ich natürlich, bin lockerer geworden und komme jetzt mehr aus mir raus. Wenn die anderen mal meinetwegen lachen, dann über einen Scherz, den ich in die Runde geworfen habe, denn ich habe in den letzten Monaten deutlich an Humor gewonnen.

Was aber für mich noch viel wichtiger ist, und warum meine allgemeine Schüchternheit und Zurückhaltung seit einiger Zeit den Rückzug planen, weiß eigentlich keiner: Es sind die offenen Türen der Keller. Das ist ein Stück Freiheit, die aus dem Nichts für mich entstanden ist. Bei Martin zum Beispiel ist die Kellertür eigentlich immer auf und man kommt Tag und Nacht rein. Das heißt für mich, dass ich nicht an der Haustüre schellen muss und eventuell Martins Mutter oder Vater die Türe öffnet und mich möglicherweise nach meinem Anliegen fragen, worauf ich dann eine Antwort geben muss, die dann sprachlich meistens eine Katastrophe wird, weil ich kein Wort herausbekomme, was mich dann für den Rest des Tages wieder mal mental voll runterzieht.

Jetzt kann ich einfach durch die offene Kellertür gehen und bin ohne ein Wort unter Freunden. Ich brauche tatsächlich nicht mehr zu schellen und deshalb auch keine Angst mehr vor einer gnadenlosen Stottervorstellung an der Haustüre zu haben.

Gibts doch gar nicht, Leute!

Da hätte ich vor einem Jahr im Traum nicht dran gedacht, dass sich die Dinge so entwickeln können und sich Widerstände von ganz allein auflösen. Man darf niemals die Hoffnung aufgeben, weil im Leben eben nicht immer nur Scheiße passiert, sondern die Dinge plötzlich ganz anders aussehen können und sich die Lage vollkommen unerwartet von beschissen zu gut ändern kann.

Ich schlendere locker bei Martin durch die Kellertür, gebe ein kurzes »Hey« zur Begrüßung ab und habe dabei ein leichtes Grinsen auf dem Gesicht, denn heute werden wir unseren Abend nicht wie gewohnt bei Musik und Nikotin im Keller verbringen, heute verlagern wir unsere Aktivitäten nach oben ins Dachgeschoss. Und dieses Dachgeschoss ist nicht nur in gehobener Wohnraumqualität ausgebaut, sondern das Ganze ist als großer Gemeinschaftsfernsehraum eingerichtet, in dem man dank der zwei Couches und drei sesselartigen Schwingstühlen ganz gemütlich mit bis zu sieben Leuten einen entspannten Fernsehabend machen kann. Und genau heute ist mal wieder so ein gemeinsamer Fernsehabend angesagt, aber von entspannt kann keine Rede sein, denn es erwartet uns das Highlight des Jahres: die neue Otto-Show! Da warten wir schon Wochen drauf, denn es gibt ja jedes Jahr nur eine, und deshalb sind wir vor lauter Vorfreude regelrecht aus dem Häuschen. Außer mir und Martin sind Stuten, Gerald und Männi, Martins älterer Bruder, bei dem heutigen Fernsehereignis ebenfalls dabei.

Die Show beginnt um 20:15 Uhr, wir haben uns aber schon gegen 19:00 Uhr bei Martin im Keller getroffen, um uns auf das bevorstehende Ereignis bestens einzustimmen. Wir geben alte Gags von Otto zum Besten, sind voll in alberner Laune und haben uns schon gut warmgelacht, als Martin uns dazu auffordert, sich so langsam in Richtung Fernsehraum zu begeben, denn die Tagesschau nähert sich dem Ende und Karl-Heinz Köpcke wird in Kürze zum Wetterbericht überleiten. Wir traben gemeinsam nach oben, jeder sucht sich ein lauschiges Plätzchen, greift sich noch Chips oder Salzstangen, die Martins Mutter bereitgestellt hat. Gläser werden mit Fanta und Cola gefüllt, und dann geht die Otto-Show los. Und wie die losgeht: Otto bringt direkt am Anfang einen Wahnsinnssketch von Robin Hood, dem Rächer der Enterbten, dem Beschützer von Witwen und Waisen.

Leute, der ist so gut, dass wir tatsächlich vor Lachen voll in eine schwere Atemnot getrieben werden, weil man durch das dauerhafte und nicht mehr kontrollierbare Lachen einfach nicht mehr einatmen kann. Sollte jemand eine auffällige blaue Gesichtsfarbe und damit erste Anzeichen eines Erstickungstodes zeigen, müssten wir Martins Vater zurate ziehen, denn er ist Arzt und würde die ersten lebensrettenden Maßnahmen einleiten, allen voran den Stecker des Fernsehers ziehen.

Und das geht die ganze Show so weiter. Ein Hammergag nach dem anderen. Volles Programm.

Leute, ich brauche jetzt dringend Sauerstoff, sonst hat Martins Vater tatsächlich gleich seinen ersten Einsatz.

Das sind die Fernsehabende ganz nach meinem Geschmack. Lachen, bis der Arzt den Stecker zieht. Da denke ich erst gar nicht ans Stottern.

Neben Martin wohnt Gerald. Auch hier ist für jeden offen,

allerdings muss man sich durch ein kleines Fenster in der großen Glasbausteinwand kurz optisch anmelden, sozusagen Gesichtskontrolle. Dann wird die Türe geöffnet, ohne dass ich etwas sagen muss und ohne mir schon Stunden vorher Gedanken darüber zu machen, wie ich die sprachlichen Hürden an der Haustüre oder am Telefon meistern soll. Denn in der Zeit vor den Kellerbesetzungen war ein Treffen zum Beispiel mit Gerald fast unmöglich. Hier wird für mich die Latte zur freien Meinungsäußerung an der Haustüre unüberwindbar hochgelegt, denn an Geralds Haustüre gibt es eine Gegensprechanlage. Und Gegensprechanlagen sind für Stotterer wie Kryptonit für Superman. Schlimmer geht nicht! Der absolute Killer. Ich stehe vor dem kleinen Metallgitter mit Mikrofon und Lautsprecher und warte, bis ich aufgefordert werde, meinen Namen und mein Anliegen zu sagen. Das fühlt sich an, als läge ich mit dem Kopf unter einer Guillotine und beim ersten Ton aus dem Metallgitter rast das Fallbeil nach unten. Da kriege ich nichts raus. Es ist, als würde die Gegensprechanlage mir aus dem Metallgitter höhnisch entgegenlachen.

Schon der Gedanke an die Gegensprechanlage reicht mir, um erst gar nicht von zu Hause loszugehen. Lieber allein in meinem Zimmer langweilen, als bei einem Freund stotternd vor der Tür zu stehen.

Wenn ich jemanden treffen will, gibt es genau zwei Möglichkeiten. Ich muss anrufen oder hingehen und anschellen. Und genau diese beiden zur Verfügung stehenden Varianten sind für mich so etwas wie ein Selbstverstümmelungskommando.

Genau wie die Haustür ein Objekt der Angst ist, so ist es auch das Telefon, denn zu telefonieren geht bei mir gar nicht. Ich weiß nicht warum, aber sobald ich den Hörer in die Hand nehme, bin ich froh, wenn ich es noch schaffe, zu atmen. Vollkommene

Blockade. Ich hebe den Hörer ab, fange an, zu wählen, und lege nach drei Ziffern wieder auf, weil ich ja genau weiß, was passiert, wenn ich nicht auflege: Ich muss warten, bis der andere sich meldet, und muss dann meinen Namen sagen und was ich will. Das kann ich nicht! Son scheiß Telefon ist schließlich nix anderes als eine scheiß Gegensprechanlage mit drei Meter Kabel bis zur Wand.

Telefonieren oder in eine Gegensprechanlage zu labern, ist wie der Versuch, in einem Vakuum zu atmen. Unmöglich! Ich bin einfach nicht in der Lage, ein normales Telefongespräch zu führen. Und das mit vierzehn Jahren. Es ist eben eine ganz andere Nummer, einen Satz locker zu einem Kumpel zu sagen, als am Telefon mit der Mutter oder dem Vater eines Freundes reden zu müssen. Überhaupt ist es für einen Stotterer am schwierigsten, etwas auf Kommando zu sagen, was erwartet wird. Da ist keine Möglichkeit, den Zeitpunkt und den Inhalt des zu Sprechenden selbst zu bestimmen. Und am Telefon und an diesen verdammten Gegensprechanlagen muss man auf jeden Fall seinen Namen sagen. Hölle! Aus diesem Grund rufe ich auch nie irgendwo an und gehe nie irgendwohin, wo ich meinen Namen in eine verdammte Gegensprechanlage reinsäuseln soll.

Aber die Zeiten sind ja jetzt vorbei. Ich kann mich einfach mit den anderen treffen, ohne vorher mein Selbstvertrauen am Telefon oder an der Gegensprechanlage abgeben zu müssen. Ich brauche nur durch eine Kellertür zu gehen und ein kurzes »Hey« reicht vollkommen aus.

Gut, dass es das ›Hey‹ als kompakte Begrüßung gibt. Es lässt sich gut aussprechen und erspart mir dieses unheilbringende Hallo mit dem ›Ha‹ am Anfang wie bei Hackbraten und Hannelore. Wenn das ›Hey‹ mal ausnahmsweise nicht kommen will, hebe ich wortlos die rechte Hand mit dem V-Zeichen zum Gruß.

Ich bin oft bei Martin oder Gerald im Keller, und ich fühle mich dort zum ersten Mal in Gesellschaft wohl. Die anderen Jungs in unserer Siedlung geben mir zu keiner Zeit das Gefühl, anders zu sein oder einen Makel zu haben. Ich fühle mich normal und vergesse immer öfter mein Handicap, bin einer unter vielen und nicht mehr der eine, der nicht richtig sprechen kann.

Überhaupt muss ich sagen, beginnt für mich jetzt eine Zeit, die im Ganzen zum ersten Mal so etwas wie normal für mich ist, und in der zum ersten Mal die positiven Momente in meinem Leben die negativen überwiegen. Ich liege abends nicht mehr in meinem Bett und denke unentwegt über meinen scheiß Sprachfehler nach. Ich sitze nicht mehr allein in meinem Zimmer, weil ich mich nicht traue, bei einem Freund zu schellen. Ich weine auch nicht mehr in mein Kopfkissen, weil das Leben so ungerecht ist. Jetzt gehe ich einfach los und treffe mich mit den anderen Jungs, die mir im täglichen Umgang zeigen, dass wir Freunde sind. Dass ich in der Mehrzahl von richtigen Freunden reden kann, ist für mich ebenfalls eine völlig neue Erfahrung und verändert so viel in mir.

Es fühlt sich an, als würde mein Leben jetzt erst beginnen.

Und ich glaube, es fühlt sich nicht nur so an!

Die Brühe läuft nicht ab

Es ist Samstag, früher Abend. Wir haben uns mit ein paar Mann bei Martin verabredet. Um genau zu sein, mit vier Mann. Martin, Stuten, Gerald und ich. Dass die Mädchenquote bei solch kleinen Treffen weiterhin bei null liegt, kommt mir aufgrund meiner Schüchternheit noch sehr entgegen.

Unser Nikotinkonsum hat sich nach ausgiebigen Trainingseinheiten seit einigen Monaten auf einem gewissen Normalniveau eingependelt, sodass wir uns seit geraumer Zeit intensiv mit der nächsten raumübergreifenden Pubertätskomponente beschäftigen können: Alkohol!

Martin ist schon im Keller und sorgt für guten Sound. Während ich die Kellertreppe runtergehe, höre ich die ersten Akkorde von ›Smoke on the water‹, was von Martin selbst noch auf seiner E-Gitarre begleitet wird. Für sein Alter spielt er echt gut, und man merkt, dass er Talent hat und dass das Musizieren in seiner Familie liegt.

Unser Musikgeschmack hat sich in den letzten Monaten, ich will nicht sagen, verändert, sondern sich überhaupt erst gebildet. Deep Purple, Led Zeppelin, die Stones, die Doors, die Beatles, Sweet und was sonst noch am Rockhimmel leuchtet, das ist unsere Musik. ›Disco 75‹ mit Ilja Richter, Michael Holm und Roy Black können sich andere angucken.

Ich nehme auf einer der Matratzen Platz, die zu diesem Zweck an zwei Seiten des Tisches auf dem Boden liegen. Obwohl Martins Eltern durchaus willens und in der Lage sind, eine Standardjugendeinrichtung für den Keller zu stiften, hat sich Martin für die optisch klar ansprechendere Variante entschieden. Eine große rechteckige Holzplatte, getragen von zwei übereinandergelegten Europaletten, dient als unverwüstlicher Tisch, der auch in der Höhe bestens mit der Basissitzversorgung in Form der alten Bettmatratzen harmoniert.

Ich stelle meine 0,75-Liter-Amphore Weißwein aus dem Bestand meiner Eltern auf den Designertisch, die natürlich sofort von Martin fachmännisch begutachtet wird: »1972er Mosel, Südhang, zwölf Umdrehungen, korrekt«, lautet die verlässliche Expertise. Zuwenig Alkoholgehalt wäre auch nicht zielführend.

Martins bauchige Roséflasche bedarf keiner besonderen Begutachtung, denn der Rosé aus dem Vorratskeller seiner Eltern ist schon ein guter alter Bekannter und wir haben die technischen Daten im Kopf.

Ich will gerade den Korkenzieher ansetzen, als sich die Kellertüre öffnet und Stuten hereinspaziert. Er macht kurz mit der linken Hand das V-Zeichen zum Gruß, weil die Rechte schwer zu tragen hat. Er hat fünf Flaschen Diebels Alt in seinem Körbchen. Stutens Körbchen ist eigentlich die Flaschentragehilfe seiner Eltern, wenn sie Getränke aus dem Keller holen. Maximal zulässige Gesamtbestückung: sechs Flaschen. Stuten bewegt sich also nicht nur trink-, sondern auch transporttechnisch bereits nah am Limit.

Als Letzter gibt sich noch Gerald die Ehre und hat ebenfalls Bier dabei, allerdings Köpi, ich glaube, auch fünf Flaschen, kann ich aber nicht genau sehen, weil Gerald die Flaschen in einer Plastiktüte hat, und dann habe ich auch nicht mehr danach gefragt. Wir stecken uns eine an und öffnen dann unsere alkoholischen Mitbringsel. Gläser stehen nicht zur Verfügung, getrunken wird ausschließlich aus der Flasche. Das verbessert nicht gerade den Geschmack meiner zimmerwarmen Moseltraube, aber um Geschmack gehts ja auch nicht.

Die gute Grundstimmung wird immer besser, die Musik immer lauter und die Flaschen immer leerer. Dann legt Martin eine LP von Udo Lindenberg auf: ›Alles klar auf der Andrea Doria‹.

Udo ist unser Mentor! Wir kennen alle Texte auswendig und grölen die ganze LP volles Rohr mit und kein Lied wird ausgelassen. Ich bin natürlich auch voll mit dabei und mir fällt nicht zum ersten Mal auf, dass ich alles singen beziehungsweise grölen kann, ohne auch nur im Entferntesten mit Sprachschwierigkeiten kämpfen zu müssen, egal, ob andere Leute dabei sind und mich angucken. Merkwürdig, denn Texte, die ich hundertmal ohne den kleinsten Hänger singen kann, könnte ich niemals fehlerfrei vorlesen.

Da muss ich noch mal genauer darüber nachdenken, weil ich da einfach keine Erklärung für habe. Aber auf keinen Fall heute Abend.

Durstig von der Rumgrölerei stoßen wir erst einmal an und nehmen einen guten Schluck aus der jeweiligen, mittlerweile fast leeren Flasche. Wir hängen auf den Matratzen rum, die sich in Einheit mit dem Palettentisch auch nach eingehender Prüfung als ergonomisch einwandfrei bezeichnen lassen. Die Stimmung ist ausgelassen, Füße und Hände samt Trinkgefäß hämmern im Takt der Musik auf Fliesenboden oder Holzplatte. Dann legt Martin die absoluten Brandbeschleuniger auf den Teller seines in Holzdekor gehaltenen Dualplattenspielers und wir gehen voll ab. ›Ballroomblitz‹ von Sweet, direkt gefolgt von ›Black Dog‹ von Led Zeppelin. Wir singen nicht nur laut mit, sondern arbeiten uns körperlich extrem stark an der Musik ab. Es sieht so aus, als wären alle an 220 Volt angeschlossen und unsere Köpfe fliegen beim Headbanging in einer Geschwindigkeit von vorne nach hinten, als stünde der Kurzschluss unmittelbar bevor.

Wir rasten vollkommen aus!

Diese gelungene Kombination aus übermäßigem Alkoholgenuss, reichlich Nikotin und körperlicher Totalverausgabung beeinflusst allerdings meine Verdauungsrichtung. Ich muss kotzen und versuche, mich von der Matratze in eine aufrechte Körperhaltung zu bringen, wäre aber ohne Martins Hilfe an der Schwerkraft gescheitert. Mit vereinten Kräften und nach mehreren Anläufen, gefolgt von einigen Ausfallschritten, schaffen wir es gerade noch zum Waschbecken direkt vor dem Heizungskeller.

Stuten beurteilt die Lage kurz und mit beeindruckendem Sachverstand. »Der ist vollsteif«, lautet sein lallender, aber weitestgehend flüssig vorgetragener Kommentar.

Stopp, Leute! Ich muss euch kurz was erklären, damit ihr mir weiter folgen könnt.

Da der bestehende elterliche Sprachgebrauch im Zusammenhang mit Alkoholkonsum etwas undifferenziert ist und nur sehr schwammig von ›betrunken‹ spricht, haben wir körperliche Zustände in Verbindung mit Alkoholgenuss wesentlich genauer klassifiziert: Wer nach starkem Alkoholgenuss zwar lallt, sich aber noch allein, wenn auch mit Ausfallschritten, fortbewegen kann, ohne mit den Händen den Boden zu berühren, der ist ›steif‹.

Wer das nicht mehr kann, der ist ›vollsteif‹.

Um es am Beispiel zu erklären: Martin ist steif, ich bin vollsteif. Stuten würde ich gerade noch so als steif durchgehen lassen. Gerald habe ich aus den Augen verloren. Ich glaube, der liegt im Vorratskeller vor der Kiste Rosé.

Aber zurück zu mir. Vor mir im Waschbecken schwimmt, mittelgroß gewürfelt, Hackbraten mit Pommes in Weißwein, denn heute ist Samstag, Leute, und im Amerika-Grill ging alles glatt und ich musste ausnahmsweise keine FrikkomitSenf im Mülleimer an der Eingangstüre entsorgen.

Während ich noch auf meinen Kniescheiben ruhe und mich am Waschbecken festhalte, hat Martin trotz unmittelbar bevorstehendem Übergang zum Körperzustand vollsteif die bedrohliche Lage im Waschbecken messerscharf analysiert.

»Die Brühe läuft nicht ab!«, schreit er mir ins Ohr und will sich wieder zurück zum Tisch schleppen, um sich erst mal 'ne Kippe anzustecken, bleibt aber mit seinem rechten Fuß am Türrahmen hängen, kommt ins Wanken und schlägt nach zwei schweren Ausfallschritten ungebremst seitlich auf der Matratze ein, auf der er dann regungslos liegen bleibt.

Mein Blick schwenkt zu Stuten, der auf der anderen Matratze mit dem Kopf an der Wand liegt. Der Winkel zwischen Gesicht und Brust beträgt exakt 90 Grad. Seine rechte Hand bewegt sich langsam in meine Richtung und er hält mir seine letzte, halb leere Flasche Diebels Alt hin. Kommentarlos krieche ich rüber und nehme diese Gabe in der Not dankbar an, um die Reste des in meinem Hals und Mund befindlichen Weißwein-Hackbraten-Ensembles herunterzuspülen.

Es geht eben nichts über gute Freunde!

Nach einer kurzen Ruhephase bündele ich all meine Kräfte in meine motorischen Fähigkeiten und erreiche im halb aufrechten Gang das Waschbecken, und was ich da sehe, sieht nicht gut aus. Es sieht nämlich noch genauso aus wie vor zwanzig Minuten. Martin sollte mit seiner frühen und bemerkenswert präzisen Diagnose recht behalten: Die Brühe läuft nicht ab!

Das Sieb im Abfluss hat kleine runde Öffnungen, durch die mein Hackbraten mit Pommes nicht durchpassen will, und deshalb ist alles verstopft und läuft nicht ab. Das Sieb ist fest verschraubt und lässt sich nicht lösen, deshalb bleibt mir nur eine

Möglichkeit, um das Waschbecken wieder freizubekommen: Ich drücke die einzelnen Stückchen mit den Fingern durch die zu kleinen runden Öffnungen im Abflussgitter. Ich bin zwar kurz davor, noch ein Gedeck nachzulegen, aber es geht gerade noch mal gut und ich konzentriere mich voll auf meine Reinigungstätigkeit. Gut zehn Minuten später bin ich fertig, spüle noch einmal durch und wasche mir die Hände. Danach schleppe ich mich zur Matratze, auf der Martin liegt, der wieder zu Bewusstsein gekommen ist und sich eine Kippe angesteckt hat. Gerald ist übrigens nach neuesten Erkenntnissen doch schon nach Hause geeiert.

Stuten sitzt mit leicht glasigem Blick gerade noch aufrecht auf der Matratze und versucht, die Asche von seiner Kippe in den Aschenbecher zu schnippen. Klappt aber nicht, und, wie ich jetzt sehe, wird der Aschenbecher nicht zum ersten Mal verfehlt. Dieses leichte Deplatzieren der abgebrannten Kippe, die Installateurarbeit am Waschbecken und Martins Einschlag auf der Matratze sind uns sichere Zeichen dafür, dass der Abend die an ihn gestellten Erwartungen erfüllt hat.

Wir hören noch ein paar Platten, während wir alles noch einmal Revue passieren lassen, und kommen zu dem Ergebnis, dass diese durch und durch gelungene Veranstaltung nach baldiger Wiederholung ruft. Dann lösen wir die Versammlung auf und Stuten und ich können im Schutze der Dunkelheit die gesamte Straßenbreite für unseren Heimweg nutzen.

Achthundert Gramm Hack, halb und halb

Stuten und ich haben den heutigen schulischen Ablauf etwas gestrafft, gemeinsam die beiden letzten Stunden blaugemacht und frühzeitig den Heimweg angetreten, weil wir in aller Ruhe die neuesten Mofaprospekte studieren wollen. Doch leider bringt mir diese Umstrukturierung des Schulvormittages nicht sonderlich viel in Sachen gewonnener Freizeit und ich muss die Reise in die Welt der Eins-Komma-Fünf-PS-Boliden verschieben. Meine Mutter ist etwas in Zeitdruck geraten, weil sie einige dringend benötigte Lebensmittel für die Zubereitung unseres Mittagessens vergessen hat, und will sich gerade auf den Weg zu Edeka machen, als ich zur Tür reinkomme. Da ist es für sie natürlich eine glückliche Fügung, dass ich heute ›früher Schule aushabe‹, denn jetzt kann ich direkt losgehen und mich um die scheiß Einkäufe kümmern.

Kacke! Meine Begeisterung hält sich in sehr engen Grenzen, denn erstens bin ich hauptsächlich für den Verzehr von Speisen und nicht für die Beschaffung zuständig, und zweitens habe ich mich im Geiste schon mit Patt gemütlich auf der Couch liegen sehen, während wir beide, flankiert von einer Flasche Fanta, gepflegt eine Dose Hundeschokodrops schnabulieren, bevor Stuten mit den neuen Prospekten rüberkommt und wir den Traum der Motorisierung träumen.

Patt ist ebenfalls schwer enttäuscht von der Entwicklung der Ereignisse, denn als ich hereinkommen bin, hat er die Dropsdose schon gut sichtbar auf der Couch platziert und war gerade dabei, sich mental auf einen kleinen Snack vorzubereiten.

Im Großen und Ganzen ist Einkaufen eigentlich kein Problem, denn bei Edeka ist ja bekanntlich Selbstbedienung, und an der

Kasse brauche ich auch keine Geschichten zu erzählen. Da suche ich meine Einkäufe zusammen, platziere sie auf dem Kassenlaufband, warte, bis die Kassenmutti alle Preise eingetippt hat, lege die Kohle hin, und dann bin ich auch schon wieder weg.

Könnte man meinen! Läuft aber nie glatt, und heute auch nicht! Ich sage euch auch warum: Position drei auf meinem Einkaufszettel klingt äußerst bedrohlich! Position drei auf meinem Einkaufszettel lautet: ›achthundert Gramm Hack, halb und halb‹.

Leute, was ist das denn für 'ne Scheiße? Das muss man sich mal auf der Zunge zergehen lassen. Achthundert Gramm Hack halb und halb! Jetzt sagt aber mal ehrlich! Hack, halb und halb. Da ist dieses verdammte ›Ha‹ gleich dreimal hintereinander, davon dreimal am Wortanfang! Das ist ungefähr so, als müsste ich im Amerika-Grill ›Hannelores Hackbraten Hamborner Art‹ bestellen, während mir die Frittierdame dabei tief in die Augen schaut. Unmöglich! Und dann noch achthundert. Ich brech echt am Arsch ab, Leute. Da wird das kack Triple ›Ha‹ noch mit einem Vokal am Satzanfang garniert. Son Einkaufszettel kann sich keiner ausdenken, der mich vielleicht ärgern will, den kann nur das Leben so schreiben. Und diese verdammten achthundert Gramm Hack halb und halb gibt es nur an der Theke. Und an der Theke kann man nicht einfach ins Regal greifen und das Hack einpacken. An der Theke muss man sprechen.

Ich sehe deutliches Korrekturpotenzial für Position drei, um nicht zu sagen: sehr deutliches.

Da bin ich mal gespannt, wie groß der Unterschied zwischen Einkaufszettel und tatsächlich erworbener Lebensmittel heute ausfallen wird, denn ich werde an der Fleischtheke sicherlich bei der einen oder anderen Kleinigkeit spontan umdisponieren müssen.

Meine Einkaufsliste habe ich bis auf das beschissene Hack schon komplett abgearbeitet, drehe aber noch unzählige Warteschleifen bei den Putzmitteln, weil ich von hier die dauerbelegte Fleischtheke bestens im Blick habe und bei Bedarf auch in Sekundenschnelle erreichen kann, wenn ich die Abkürzung durch die Backwarenabteilung nehme.

Gut, dass die Einkaufswagen nicht mit Verbrennungsmotoren betrieben werden, denn sonst hätte ich bereits mehrfach nachtanken müssen, weil an der Fleischtheke ununterbrochen Hochbetrieb herrscht und ich mit dem Einkaufswagen gefühlt die Strecke bis zum Bodensee im Kreis um die Putzmittelregale zurückgelegt habe. Aber was soll ich machen, wenn es an der verdammten Theke keine Selbstbedienung gibt? Und dann auch noch so eine Horrorbestellung. Da muss ich mich in Geduld üben, bis die Rahmenbedingungsampel auf Grün springt. Ich kann mich unmöglich in die Schlange stellen, warten bis ich an der Reihe bin, dann von einer Fleischereiwarenfachverkäuferin angesprochen werde, um auf Befehl meine Bestellung zu sagen. Das wäre ein echtes Höllenkommando. Russisch Roulette mit vollem Magazin. Ich muss warten, bis keiner mehr an der Hacktheke ist und ich die Fleischbestellung nach meiner Vorstellung gestalten kann.

Ich grüße im Vorbeifahren gerade zum siebzigsten Mal ›Meister Propper‹, der auch jedes Mal freundlich zurücklächelt, als sich die allgemeine Gemengelage im fleischverarbeitenden Bereich überraschend lichtet. Nur noch eine Oma an Wurst, ansonsten gähnende Leere. Ich schalte bei meinem Einkaufswagen einen Gang runter und beschleunige geradewegs durch die eben erwähnte Abkürzung zum Frischfleisch, ramme bei einem riskanten Fahrmanöver mit meinem Einkaufswagen in der Backwarenabteilung mit Wucht eine Palette Mehl, setze aber meinen Weg zur Hacktheke mit leichtem Schlingern fort, und tue so, als wäre nichts gewesen. Bei einem Blick über meine Schulter muss ich allerdings feststellen, dass die Kollision weitaus heftiger war als gedacht und die mit Mehl bedeckte Backwarenabteilung jetzt aussieht wie Südtirol im Januar.

Ski und Rodel gut!

Ich blende diesen geringfügigen Kollateralschaden aus und bleibe voll fokussiert, denn zügiges Bestellen aus der Bewegung heraus an leerer Theke ist schließlich oberstes Gebot und unerlässlich für gutes Gelingen beim Erwerb von Frischfleisch.

Während meines Bremsvorgangs, den ich aufgrund meiner stark überhöhten Geschwindigkeit bereits an der vorgelagerten Käsetheke einleite, ist mein Blick schon in die Fleischkühltheke gerichtet, um eventuell ein gut aussprechbares fleischhaltiges Ersatzprodukt zu finden, was für das Hack den Weg in meinen Einkaufswagen finden könnte, wenn es zu einem sprachlichen Hänger kommen sollte. Dass es statt der achthundert Gramm nur dreihundert wird, steht jetzt schon fest. Von null bis tausend Gramm sind nur zwei- und dreihundert richtig gut auszusprechen. Beim Durchforsten der Namensschilder vor den Fleischprodukten in der Kühltheke werde ich überraschend schnell fündig: Putenfiletbraten!

Leute, das ist ein absolutes Sahnewort und geht beim mentalen Probesprechen wie gesüßtes Speiseöl über meinen Kehlkopf. Ein Wort wie aus einem Guss, mit einem richtig schönen gebundenen Dreierrhythmus. Puten-Filet-Braten! Das wird ganz sicher meine FrikkomitSenf für die Fleischtheke werden.

Tja, was soll ich sagen? Aus den achthundert Gramm Hack halb und halb sind dreihundert Gramm Putenfiletbraten geworden. Die üppige Hackfüllung halb und halb für die Paprikaschoten muss nun einer wohldosierten Hinzugabe von

Geflügel weichen. Man muss auch mal was Neues ausprobieren, außerdem lief die Bestellung so reibungslos, dass ich richtig Bock hätte, das direkt noch mal zu ordern.

Gut gelaunt und mit einem letzten Gruß in Richtung ›Meister Propper‹ bewege ich meinen Einkaufswagen über die geschlossene Mehldecke der winterlich anmutenden Backwarenabteilung zur Kasse. Ich bezahle, verlasse Edeka, ohne ein weiteres Wort sagen zu müssen, und laufe mit meinen Einkäufen in Gedanken versunken nach Hause, wobei ich die ganze Strecke darauf achte, auf dem Bürgersteig immer nur mittig auf die Steinplatten zu treten, damit ich auf keinen Fall eine Fuge erwische, weil auf Fugen zu treten generell bedenklich ist.

Ich schließe die Haustüre auf, gehe rein und werfe meinen US-Army-Brotbeutel aus dem US-Verkauf, der normalerweise als Schultasche dient, jetzt aber die Lebensmittel transportiert hat, mit etwas Schwung auf den Küchentisch, was Patt offenbar aus seinem kleinen Zwischennickerchen gerissen hat. Er kommt aus dem Wohnzimmer, um mich verschlafen, aber freudig zu begrüßen.

Übrigens, wir haben uns wegen der Schokodrops ausgesprochen und zwischen uns passt kein Blatt.

Wir nehmen uns die Dropsdose und gehen gemeinsam in mein Zimmer. Patt lässt sich neben mir auf meinem Klappbett nieder, um genau wie ich vor dem pikanten Mittagessen noch einen kleinen schokoladigen Appetitanreger zu sich zu nehmen und danach ein wenig zu dösen, um nach dem erschöpfenden Vormittag wieder zu Kräften zu kommen.

Nachdem sich Patt im Anschluss an den Dropsverzehr eine gefühlte Ewigkeit seine Schnauze geleckt hat, kehrt endlich Ruhe ein. Patt geht in eine stabile Seitenlage und seine Augen schließen sich.

Ich liege auf dem Rücken, meine sich ebenfalls langsam schließenden Augen verlieren den Kontakt zur Decke und meine Gedanken schweifen um den heutigen Schulvormittag, als wir im Kunstunterricht, warum auch immer, unsere Berufswünsche auf einen Zettel schreiben und beim Lehrer abliefern sollten. Da ist mir erst mal klar geworden, wie viele Berufe für Stotterer wie mich in unerreichbarer Ferne liegen. Sämtliche Bürojobs fallen aus, weil man da dauernd telefonieren muss. Lehrer geht nicht, weil man da den ganzen Vormittag den kleinen Schwachköpfen was erzählen muss. Polizist geht erst recht nicht. Wenn ich bei einem Einsatz eine Fahndungsmeldung rausgeben muss, ist der Gesuchte bereits außer Landes, bevor ich den Namen vollständig ausgesprochen habe. Verkäufer ist ebenfalls blöd, weil man da den ganzen Tag die lästigen Kunden belabern muss. Pilot wär gut, geht aber auch nicht. Wenn da meine Flugzeugkennung mit einem Vokal beginnt, könnte der Sprit beim Landeanflug knapp werden. Rechtsanwalt scheint ebenfalls nicht der Premiumjob für mich zu sein. Wie sollte ich es jemals schaffen, ein mehrseitiges Plädoyer vor vielen Personen vorzutragen?

Klammert man alle Bereiche aus, in denen viel gesprochen oder telefoniert wird, bleibt mir für die Berufswahl nicht mehr viel übrig. Um genau zu sein, kann ich Bildhauer oder Taucher werden.

Schöne Scheiße! Ich sehe mich schon am Hungertuch nagen.

Während ich so in Gedanken versunken neben Patt auf meinem Klappbett liege, schweifen meine Gedanken von der Berufswahl ab und plötzlich bin ich bei letztem Samstag und der gelungenen Herrenrunde bei Martin im Keller. Wir waren alle gut steif, um nicht zu sagen: vollsteif. Dann noch die Scheiße mit dem

Waschbecken, und Martin hat auch echt Papst gehabt, als er am Türrahmen hängen geblieben ist. Wenn der dreißig Zentimeter weiter links, also neben der Matratze, ungebremst auf dem Fliesenboden aufgeschlagen wäre, hätten wir sicherlich den ersten Pflegefall zu beklagen.

Und wie ich so den Abend Revue passieren lasse, fällt mir wieder ein, dass ich noch mal tiefer ergründen wollte, warum ich alles singen, aber nicht sprechen kann. Sogar lauter sprechen bringt schon Vorteile, wenn auch mit dem Singen lange nicht zu vergleichen. Aber ich muss noch aus einem anderen Grund stets darauf achten, nicht zu leise zu sprechen, und der ist nicht unerheblich. Wenn ich zu leise spreche, versteht mein Gegenüber mich eventuell nicht und fragt nach, worauf ich meinen Satz wiederholen müsste, was mir in den meisten Fällen nicht gelingt, weil ich ja dann auf Kommando, also auf Nachfrage, etwas Bestimmtes, also den vorherigen Satz, sagen muss. Das ist nichts anderes als eine Hackbratenbestellung nach Aufforderung. Deshalb wiederhole ich niemals einen Satz, falls mein Gegenüber mich nicht verstanden hat, sondern formuliere blitzschnell auf ein anderes Vokabular um. Am besten natürlich, ich vermeide im Vorfeld durch lautes Sprechen jegliche Nachfrage meines Gegenübers und komme so erst überhaupt nicht in diese beschissene Lage.

Ist aber jetzt egal, denn mich beschäftigt ja seit einiger Zeit, warum es überhaupt einen Unterschied zwischen Sprechen und Singen gibt.

Da kommt mir in den Sinn, dass ich zu diesem schwierigen Thema überhaupt noch nicht den Quell des Wissens befragt habe. Und der steht bei uns zu Hause im Bücherregal in Form einer sechsbändigen Enzyklopädie namens ›Der neue Herder‹. Vielleicht kann mir diese Sammlung geballten Wissens wertvolle

Informationen geben, die mir helfen, besser sprechen zu können oder zumindest das Ganze besser zu verstehen. Vielleicht sollte ich auch mal zur Bücherei nach Hamborn fahren, um zu schauen, ob es Bücher zum Thema Stottern gibt. Jetzt aber erst mal zum ›Neuen Herder‹.

Ich erhebe mich ruckartig von meiner Klappbettmatratze, um sofort Einblick in die Enzyklopädie zu nehmen, was Patt aber überhaupt nicht gefällt, weil ich ihn geweckt habe und er nichts mehr hasst als Ungemütlichkeit. Er schaut mir tief und ernst in die Augen, erhebt sich sichtlich gequält von meiner Matratze und nimmt einen Stellungswechsel ins ruhigere Schlafzimmer meiner Eltern vor. Auf dem Kopfkissen meiner Mutter lässt es sich für Patt gut und vor allem ruhig schlummern, bis sich das hektische Geschehen in meinem Zimmer wieder auf ein gesundes Maß normalisiert hat.

So, jetzt aber erst mal unter Stottern nachschlagen. Okay, unter Stottern steht, ich soll unter Sprachstörung nachschlagen, das mache ich und ich lese, dass Stottern die Folge psychogener Störungen ist. Das wars. Nicht gerade die üppigsten Informationen. Ich schlage dann noch das ein oder andere nach und komme zu dem Schluss, dass Stottern im Kopf ausgelöst wird und nicht durch ein organisches Versagen. Obwohl ich immer das Gefühl habe, irgendetwas im Bereich meines Kehlkopfes funktioniert nicht richtig, weil ich es körperlich fühle, wenn ich stottere.

Das ist schon komisch, aber jetzt, wenn ich so darüber nachdenke, fällt mir ein, dass mir bei einigen meiner Selbstsprechversuche aufgefallen ist, dass ich so gut wie nicht stottere, wenn ich zum Beispiel so tue, als würde ich bayerisch sprechen. Als würde der Kopf dann denken, es spricht jemand anderes, und der stottert ja nicht. Klappt aber bei Englisch und Französisch komischerweise nicht, obwohl das ja für den Kopf auch jemand anderes sein müsste, der nicht stottert. Ist offensichtlich eine Scheißtheorie. Aber ein schöner Ansatz! Muss ich eventuell noch mal überdenken.

Vielleicht sollte ich einfach in eine andere Stadt ziehen, wo mich niemand kennt, und so tun, als wäre ich ein Bayer, und wenn mich jemand fragt, ob ich Englisch spreche, dann sag ich:

›Noa, dees kann i net!‹

Genial, oder?

Der einzige Haken an der Sache ist, dass ich mit vierzehn noch keinen Mietvertrag bekomme. Egal, dann warte ich eben noch ein paar Jahre.

Im Leben ist die Perspektive das Wichtigste.

Rohbauparty

Es ist mal wieder Samstag Morgen in meinem Klappbett, aber ich denke nur wenig über die zu erwartenden Schwierigkeiten bei der Nahrungsbeschaffung im Amerika-Grill oder das nervige Vogelgezwitscher nach, denn meine Gedanken kreisen hauptsächlich um heute Abend.

Vor einigen Monaten ist vom Landtag beschlossen worden, einen Zubringer zur nahe gelegenen A3 zu bauen. Und die Planer haben die Streckenführung genau durch unseren geliebten Bauernhof und damit durch die Ruine von Georgs Familie gelegt. Wir sind selbstverständlich nicht sonderlich begeistert, dass unser Naherholungsgebiet dem Straßenbau zum Opfer fallen soll. Georgs Familie hingegen kann ihr Glück kaum fassen, denn jetzt ist das verwahrloste, uninteressante Grundstück zum begehrten wertvollen Objekt geworden, das der Familie reichhaltige Entschädigungen in die klamme Kasse spült.

Konfuzius würde sagen: »Da ist aus Scheiße Biskuit geworden.«

Neben einer nicht unerheblichen Geldüberweisung bekommt Georgs Familie in der kaum fünfhundert Meter entfernt entstehenden Neubausiedlung zusätzlich zwei Einfamilienhäuser zugeschrieben, von denen sie eins selbst bewohnen wird und das andere vermieten kann.

Die Häuser befinden sich noch im Rohbau, Strom liegt aber schon, und das hat Georg dazu inspiriert, eine Rohbauparty zu schmeißen. Hört sich erst mal gut an. Für Getränke ist gesorgt und Stuten soll seinen neuen Kassettenrekorder für die nötige Beschallung mitbringen. Was mich an der Sache allerdings ein wenig nervös macht, ist Georgs Ankündigung, ein paar Frauen einzuladen. Stuten, der trotz uneingeschränkter Sprechfähigkeit in Sachen Schüchternheit so ungefähr auf meinem Level rangiert, ist nach der Ankündigung zur gemischten Fete kaum noch zum Mitkommen zu bewegen. Ihm ist genauso flau im Magen wie mir, und ich glaube, er würde jetzt lieber wieder seine Legosteine unter dem Bett hervorholen und seine Knickerbocker mit Achtenderhirschemblem anziehen, was ich allerdings nicht verstehen kann, da er ja frei von jeglichem Sprachhandicap ist und eigentlich keine Angst vor Begegnungen mit dem anderen Geschlecht haben müsste.

Wir sind etwas früher da und Georg hat uns schon durch die fensterlose Fensterbucht seines zukünftigen Zimmerfensters in der ersten Etage gesehen und empfängt uns an der Bautür im Erdgeschoss. Nach einer kurzen Begrüßung begeben wir uns sofort in Georgs neues Zimmer, das er liebevoll ›Partyraum‹ nennt.

Stuten muss auf jeden Fall den Rekorder noch vor dem Eintreffen der weiblichen Gruppe anschließen, damit die Musik schon so etwas wie Fetenstimmung verbreitet. Das ist auch bitternötig, denn der Rohbau ist, wie ein Rohbau eben ist: roh!

Das Ambiente von Georgs Partyzimmer lässt im Detail noch zu wünschen übrig, denn die gesamte Innenarchitektur des Raumes besteht aus einem älteren, stark nachgedunkelten, jetzt beigen Campingtisch. Der Raum erinnert beim ersten Betreten spontan an eine noch nicht veröffentlichte Installation von Joseph Beuys, ist aber ein echter ›Georg‹. Nicht gerade üppig, aber interessant und zweckmäßig. Der Tisch bietet ausreichend Platz für den Rekorder und die Mixgetränke samt Plastikbechern, direkt daneben steht ein Kasten Bier, und wenn ich so darüber nachdenke, fehlt tatsächlich nix.

Unsere erste Amtshandlung besteht darin, eine Flasche Pils nahezu auf ex zu leeren, um damit zu demonstrieren, dass wir für die beginnende Party körperlich voll auf der Höhe sind. Stuten saugt im zweiten Ansetzen den letzten Schaum aus der Flasche und beginnt dann unverzüglich mit der Elektroinstallation, da er den Strom aus einem Verteilerkasten abzweigen muss, was nicht ganz ungefährlich ist. Wir nehmen alle ein neues Fläschchen mit, stecken uns eine an und begeben uns zum Verteilerkasten, um Stutens Operation am offenen Herzen zu begutachten. Die Arbeiten werden zusätzlich zu den schlechten Lichtverhältnissen dadurch erschwert, dass Stuten während des elektrotechnischen Eingriffs unter keinen Umständen auf seine Kippe im Mundwinkel verzichten möchte, deren Qualm genau in sein rechtes Auge aufsteigt und gut zum Tränen bringt. Das Ganze verläuft etwas schleppend, als dann nach einem circa zwei Zentimeter langen Funken der Rekorder plötzlich seine volle Ausgangsleistung von vier Watt in den Partyraum drückt. Georg lässt sich noch schnell die Playlist auf der Kassettenhülle von Stuten zeigen, als wir durch die noch nicht eingesetzten Fenster auch schon die Frauen kommen sehen.

Der Gedanke an eine Fete mit Frauenquote hatte ja vor Beginn bei mir schon für leichte Nervosität gesorgt, aber jetzt, da die Frauen tatsächlich vor der Türe stehen und gleich den gemütlich eingerichteten Partyraum betreten werden, ist nervös nicht mehr die richtige Beschreibung für mein Allgemeinbefinden: Leute, mir geht der Arsch auf Grundeis.

Ich stehe, wie die anderen auch, mit Flasche in der linken und Kippe in der rechten Hand möglichst lässig an die Wand gelehnt, während die Frauen den Partyraum betreten. Wir erwidern das kurze »Hallo« der weiblichen Fraktion, indem wir die Flaschen zum Gruß erheben, verlassen aber nicht unsere strategisch günstige Standposition im direkten Umfeld des Campingtisches und der Getränke. Georg, der die Mädchen an der Bautür abgeholt hat, unterhält sich noch kurz mit ihnen und begibt sich nach der Getränkefrage umgehend zum Campingtisch, denn die Frauen, die ebenfalls zu viert sind, möchten den Abend mit Wodka-Cola beginnen.

Gute Wahl!

Falls mich meine Wahrnehmung noch nicht trügt, wählt Georg das altbewährte Mischungsverhältnis von 1:1, damit sich die wohltuende und enthemmende Wirkung der Mixgetränke wunschgemäß schnell entfaltet.

Die vier bleiben erst mal genau wie wir als Grüppchen unter sich, tuscheln und kichern ein bisschen, während sie immer kurz zu uns rüber gucken und an ihren Plastikbechern nippen. Wir tun so, als wären wir von deren Anwesenheit vollkommen unbeeindruckt, obwohl wir natürlich Blickkontakt aufnehmen, während wir von Georg die ersten sachdienlichen Hinweise erbeten, also wer heißt wie, ist wie alt und so weiter. Mein zweites Pils ist leer und ich öffne umgehend das dritte Fläschchen, aber natürlich nicht mit Flaschenöffner. Viel zu provinziell. Ich hole mein BIC-Einwegfeuerzeug aus der Tasche, positioniere es am Flaschenhals zwischen Daumen und Kronkorken. Ein kurzer Druck nach unten und der Kronkorken fliegt. Lässiger geht nicht. Das sehen die Frauen bestimmt auch so. Ich bin zufrieden mit mir.

Georg hat sich seine nächste Mischung Wodka-Cola gemacht und wir lauschen seinen Ausführungen, derweil mein Blick immer wieder auf Bärbel fällt. Ich weiß nicht, warum, aber ich kann es nicht lassen, immer wieder zu ihr rüberzugucken, die dann ausgerechnet im selben Augenblick auch zu mir guckt. Ich drehe dann meinen Kopf blitzschnell wieder in die Herrengesprächs-runde, weil es mir unangenehm ist. Neben ihr steht Petra, die eine hellblaue Jeansjacke anhat und augenscheinlich im Brustbereich schon schwer zu tragen hat. Diese erfreuliche körperliche Entwicklung, von der wir nur unter größter Selbstbeherrschung unsere Blicke abwenden können, erweist sich allerdings als trügerisch. Georg ist bestens informiert und weiß aus sicherer Quelle, dass sie immer eine Packung Tempotücher in jeder Brusttasche ihrer Jeansjacke hat, damit es nach einer satten Körbchengröße aussieht. Aber ansonsten sei sie ganz in Ordnung und habe auch schon zwei Freunde gehabt. Diese Tatsache ist natürlich besonders wichtig, weil es darauf schließen lässt, dass sie schon sexuelle Erfahrung hat, im Gegensatz zu mir. Ich habe noch nicht mal mit Zunge geküsst, aber in der Theorie bin ich bestens informiert.

Letztens habe ich mich erst mal schlaugemacht, was Petting überhaupt genau ist. Der Begriff fiel häufiger in unseren Treffen bei Martin im Keller und die Meinungen zum genauen Umfang der Handlungen beim Petting gingen bei unserer letzten Männerrunde etwas auseinander. Deshalb habe ich selbstverständlich sofort den Quell des Wissens befragt, und der ›Neue Herder‹ schreibt: »Petting ist eine Form des Liebesspiels mit gegenseitiger Masturbation ohne Vollzug des Koitus.«

Aha!

Nachdem ich noch ein zweites Wort nachgeschlagen hatte, ergab sich ein klares Bild: Fummeln ohne poppen!

Da ich von der praktischen Seite her noch die absolute Knutsch- und Fummeljungfrau bin, muss ich wenigstens in der Theorie absolut sattelfest sein.

Die Musik aus Stutens Kassettenrekorder hat von der Tonqualität her noch Luft nach oben, was daran liegt, dass er nicht direkt von Platte auf Kassette überspielt hat, sondern mit Mikro vor dem Radio gesessen und Mal Sandocks Hitparade im WDR aufgenommen hat. Aber besser als nichts.

Die Frauen machen leichte Bewegungen im Rhythmus der Musik und sind in lockerer Unterhaltung, während wir ziemlich unentspannt am Getränketisch stehen und uns an unserem Bier und der Kippe festhalten. Keiner traut sich, zu einem der Mädchen zu gehen und ein Gespräch anzufangen oder sie zu fragen, ob sie tanzen möchte. Ich stelle fest, dass die anderen auch nicht mutiger sind als ich, was allerdings für mich keinen Vorteil bedeutet. Wir suchen alle verzweifelt nach einer guten, möglichst coolen Aktion, um mit den Mädchen ins Gespräch zu kommen oder positiv auf uns aufmerksam zu machen, aber eine wirklich gute Idee hat niemand.

Außer Georg! Denn Georg ist nicht nur in der minimalistischen Raumgestaltung ein Ausnahmetalent, er lebt den Hang zum Nichts in allen Bereichen seines Daseins, und deshalb genügt ihm ein einziges Wort, um die lähmende Geschlechtertrennung im Partyraum zu pulverisieren: »Flaschendrehen!«, ruft er laut und deutlich in den Partyraum. Ich verschlucke mich fast und schaue kurz zu Stuten rüber, in dessen Gesicht ich blankes eisiges Entsetzen sehe. Den Verlust eines Fingers hätte er wesentlich gelassener hingenommen, denn Flaschendrehen ist für Stuten die Höchststrafe! Flaschendrehen heißt, jetzt gibts kein Zurück mehr, und Stuten ist ja genau son Frischling wie ich, und deshalb hat der auch die Hose voll, genau wie ich.

Jetzt muss sich zeigen, ob meine sorgfältige theoretische Vorbereitung und das monatelange Studium der ›St. Pauli Nachrichten‹ und ›Frivol Extra‹ meine praktischen Mängel ausgleichen kann. Ich glaube zwar eher nicht, aber ich bin zuversichtlich und habe mein Selbstvertrauen noch nicht an der Garderobe abgegeben. Denn bei näherem Hinsehen erweist sich die allgemeine Gemengelage meinem schüchternen Ego als sehr entgegenkommend. Von den Frauen hat noch keine mitbekommen, dass ich einen Sprachfehler habe, es sei denn, Georg hat etwas Derartiges erwähnt, aber ich habe jedenfalls noch nicht damit auf mich aufmerksam gemacht. Und beim Flaschendrehen wird der Mund nicht zum Sprechen benutzt. Das erhöht deutlich meine Chance, stottermäßig erst mal inkognito zu bleiben.

Es ist also heute tatsächlich so weit, dass ich zum ersten Mal ein Mädchen küssen werde, wobei ich sagen muss, dass ich mir das in meinen zahlreichen Feuchtträumen immer ganz anders ausgemalt habe. Schön bei mir zu Hause auf meinem Klappbett, in gemütlicher Atmosphäre bei gedämpfter Musikuntermalung, eng umschlungen, Bluse schon halb auf und meine Hände in Regionen, die ich aus der ›Frivol Extra‹ bestens vor Augen habe.

Jetzt aber knie ich in einem unverputzten Rohbau ohne Fenster auf dem blanken Estrich, Stutens Rekorder krächzt wie Sau und ich kann mir meine Kusspartnerin noch nicht mal aussuchen. Aber ich will nicht unzufrieden sein, denn es ist ja das, was ich mir gewünscht habe. Ich kann Mädchen kennenlernen, ohne dabei sprechen zu müssen, obwohl kennenlernen vielleicht etwas übertrieben ist.

Aber immerhin, ein Einstieg in die Materie.

Und Georg wäre nicht Georg, wenn er nicht die verschärften Bedingungen direkt hinterher schieben würde: »Es zählen nur Zungenküsse! Auf den Mund ist für die Mutti!«

Aus dem Rekorder ertönt wie auf Bestellung ‹When a man loves a woman› von Percy Sledge und die Musik scheint mit den Wodka-Cola-Mischungen an einem Strang zu ziehen, denn die Frauen zeigen sich über Georgs Vorschlag zum Flaschendrehen und die verschärften Regeln überhaupt nicht entsetzt. Mit leichtem Gekicher kommen die Mädchen genau wie wir Jungen zur Zimmermitte und wir knien uns alle im Kreis auf den Boden, die Getränke stehen neben uns, eine leere Bierflasche liegt zum Drehen bereit.

Georg hat die allgemeine Aufregung nach seiner Ansage genutzt und für die Frauen schnell noch ein paar wohlwollende Mischungen Wodka-Cola gemacht und bittet nun mit einem vollkommen sinnleeren Trinkspruch zum vollkommenen Entleeren der weißen Plastikbecher, um auch im weiblichen Lager die Hemmschwelle endgültig in Richtung absolutes Minimum zu senken. Dann wird nicht mehr lange gefackelt und die erste Flasche wie selbstverständlich von Georg gedreht.

Ich denke, ich bin nicht der Einzige in der Runde, der die letzten zwei Minuten vor Nervosität vergessen hat, zu atmen. Ich tippe mal darauf, dass Stutens Sauerstoffversorgung ebenfalls bedrohlich lange unterbrochen war.

Die Flasche wird langsamer und zeigt nach dem Stillstand mit dem Flaschenhals auf Georgs Bruder. Die Freundin von Petra, ich hab den Namen jetzt vergessen, schreit sofort angespornt vom Wodka-Cola: »Du musst jetzt deinen Bruder knutschen!«, worauf allgemeines Gelächter ausbricht, was Georg gar nicht gefällt und die Flasche ohne Kommentar sofort erneut dreht. Dieses Mal zeigt sie auf Petra, die mit den Tempotüchern in den Brusttaschen. Die beiden begeben sich umgehend in die Kreismitte, und obwohl ich schon gut die Lampe anhabe, beobachte ich natürlich genau, wie Georg zum Kuss ansetzt und wie sich die weitere Durchführung gestaltet. Vielleicht ergibt sich für mich noch der eine oder andere gute Hinweis beim Anschauungsunterricht. Georg will selbstverständlich zeigen, wer der Platzhirsch ist, und macht auf Frauenversteher, was sich vor allem darin zeigt, dass er Petra wie in einer Liebesschnulze umarmt, leicht zur Seite absenkt und ungefähr zehn Sekunden die Kussposition hält, bevor er bedächtig den Akt beendet. Sieht alles in allem routiniert, aber recht unspektakulär aus. Dann begeben sich beide wieder zurück in ihre Kreisposition. Das ist also alles!?

Jetzt muss Petra die Flasche drehen, um ihren neuen Kusspartner zu finden. Ihr erster Versuch zählt aber nicht, weil die Flasche beim Andrehen an ihrem Bein hängen bleibt, woraufhin ihre schon gut schickere Freundin sofort wieder leicht lallend losschreit: »Du musst dich selbst knutschen!« Die Runde lacht sich halb tot und wir haben kurz Gelegenheit, ein Schlückchen zu nehmen.

Beim nächsten Anlauf nimmt die Flasche Fahrt auf, kratzt über den Estrich, wird schnell langsamer und zeigt nach dem Stillstand genau auf mich.

High Noon!

Ich stehe kurz vor einem Herzinfarkt, und das mit vierzehn. Aber ich lasse mir nichts anmerken und begebe mich zeitgleich mit Petra in die Mitte der Runde und schon geht die Post ab: Petra packt sofort zu, zieht mich an sich heran und drückt mir ihre Tempotücher gegen die Brust, während sie zum Kuss ansetzt. Zum Glück habe ich nicht vergessen, meinen Mund aufzumachen. Der Rest geht dann wie von allein, wenn man merkt, dass man nicht mehr allein im Mund ist. Nach ein paar Runden habe ich dann auch die Feinheiten mitbekommen und habe deshalb die Rotationsgeschwindigkeit meiner Zunge etwas gedrosselt. Ich will schließlich nicht länger zeigen, dass ich mich noch in der Lernphase befinde.

Ich bin mal wieder mit Drehen an der Reihe und gebe der Flasche einen guten Schwung mit, die dann, wie von mir erhofft, auf Bärbel gerichtet zum Stillstand kommt. Die Flasche bringt Bärbels und meine Zunge an diesem Abend relativ oft zusammen, und ich habe das Gefühl, sie geht die Sache bei mir anders an als bei den anderen, irgendwie inniger, leidenschaftlicher. Sie lacht mich auch immer so nett an, wenn einer von uns beiden mit Drehen an der Reihe ist, genau wie jetzt wieder. Das fühlt sich so gut an, trotzdem kann ich mich nicht überwinden, zum Angriff überzugehen und sie anzusprechen, obwohl die Gelegenheit günstig ist. Die Stimmung ist ausgelassen, wir haben schon mit Zunge geknutscht und aufgrund der allgemeinen Geräuschentwicklung wird hier sehr laut gesprochen, was mir ebenfalls sehr entgegenkommt. Ich hab aber trotzdem zu viel Schiss, dass es doch noch zu einem massiven Sprachhänger kommen könnte und der ansonsten sehr gut verlaufende Abend in einer Katastrophe enden würde. Lieber den Spatz in der Hand als die Taube auf dem Dach. Aber vielleicht ergibt sich ja später noch die eine oder andere Gelegenheit zur Kontaktaufnahme.

Doch daraus wird leider nichts.

Nach zahlreichen Drehrunden und einigen Wodka-Cola für die Frauen ist Petras Freundin mittlerweile gut steif, ihr ist schlecht geworden und sie hat volles Rohr vor die Bautüre gekotzt. Deshalb wollen die anderen Frauen sie nach Hause bringen, weshalb wir die Party frühzeitig beenden müssen. Schade!

Nachdem wir die weibliche Gruppe verabschiedet haben, besiegeln wir den erfolgreichen Abend noch mit ein paar Bier und einigen Wodka-Cola, bevor wir das Feld räumen. Stuten ist zwar schon reichlich steif, will aber noch kurz am Verteilerkasten die Stromversorgung zurückbauen, kann sich aber wiederum nicht dazu entschließen, seine Kippe während der Demontage aus dem Mundwinkel zu nehmen.

Sieht auch viel lässiger aus.

Die Kippe qualmt wie immer volles Rohr in sein rechtes Auge und er sieht so gut wie nichts mehr, aber eine Unterbrechung der

Arbeit oder ein Ablegen der Kippe ist keine Option. Dann lässt ein lauter Knall gepaart mit einem hellen Blitz auf die erfolgreiche Fertigstellung der Elektroarbeiten schließen, und tatsächlich kommt Stuten nach einiger Zeit mit seiner Flasche und seinem Kassettenrekorder zum Vorschein und sagt: »Der Verteilerkasten is im Arsch!«

Wir bekunden lauthals Respekt und recken die Bierflaschen in die Höhe, die wir uns noch als Wegzehrung mitnehmen. Stuten und ich gehen gemeinsam nach Hause, wobei das Flaschendrehen natürlich das einzige Thema auf dem Heimweg ist. Stuten ist immer noch völlig aufgedreht und kann es wohl selbst nicht fassen, dass er gleich mehrere Mädchen mit Zunge geküsst hat. War schließlich für uns beide Premiere.

Heute hat sich außerdem endgültig bestätigt, dass Stuten genauso Düse hat, eine Frau anzusprechen, wie ich, denn er erzählt mir gerade, dass er scharf auf die Freundin von Petra ist, sich aber auf keinen Fall trauen würde, sie nach einer Verabredung zu fragen. Kommt mir merkwürdig vertraut vor.

Wir plaudern so vor uns hin und sind nach knapp zehn Minuten am Garagenhofzaun angekommen, an dem wir uns noch eine letzte Kippe als Begleitung für den letzten Rest aus der letzten Flasche anstecken. Nachdem wir aufgeraucht haben, schwinge ich mich trotz gehobener Alkoholisierung mit Eins-a-Haltungsnoten über den Zaun und lande im sicheren Stand auf dem Garagenhof. Bei Stuten sieht die Sache etwas anders aus. Er ist nicht so der sportliche Typ und zeigt sich etwas spröde am Gerät. Soll heißen: Er bekommt das linke Bein nicht richtig hoch, bleibt mit der Hose im Zaun hängen und kippt dann wieder nach hinten, wobei das linke Hosenbein vorne reißt und Stuten wie eine Schildkröte auf dem Rücken liegen bleibt.

Schade, dass ich keinen Fotoapparat dabei habe.

Während er sichtlich mit Mühe versucht, irgendwie wieder in eine aufrechte Haltung zu kommen, rülpst er erst mal volles Rohr, um direkt im Anschluss mit frisch entlüftetem Magen die Lage kurz und treffend zu analysieren. »Kackzaun« lautet die zusammenfassende Bewertung, wobei er auch schon wieder zur Seite wegkippt. Ich schwinge mich noch mal kurz auf die andere Seite zu Stuten, entferne das linke Hosenbein aus dem Zaun und unterstütze ihn bei seinem erneuten Versuch, in eine aufrechte Haltung zu gelangen und den Zaun zu überqueren, ohne dass es zu weiteren Verlusten kommt. Weil es schon spät ist, will ich nicht näher auf den optischen Gesamteindruck beim Überqueren des Zauns eingehen, denn seine leichte Unsportlichkeit und der übermäßige Alkoholkonsum verschmelzen zu einer atemberaubenden Choreografie am hohen Jägerzaun.

Im dritten Anlauf ist er dann drüber, schlägt aber etwas hart auf dem Garagenhofboden auf, bleibt liegen und wiederholt seine treffsichere Bewertung von vorhin. Ich beuge mich zu ihm runter und was ich sehe, lässt mich erleichtert aufatmen: Er hat die Kippe noch im Mundwinkel. Bleibende Schäden sind also nicht zu erwarten.

Jetzt müssen wir nur noch den Weg zu unseren Häusern finden, ohne Feindkontakt mit irgendwelchen Erwachsenen aus unserer Siedlung zu haben, denn die würden sofort merken, dass wir steif sind, weil wir zum einen gut eiern und zum anderen Stuten sein linkes Hosenbein locker über seine linke Schulter gelegt hat. Modisch einwandfrei.

Zu Hause angekommen starte ich mit einem kurzen Gutenachtgruß von der Haustür direkt in die obere Etage zu meinem Zimmer durch, ohne mit meinen Eltern reden zu müssen, die noch gemeinsam vor dem Fernseher sitzen und sich von ›Dalli Dalli‹

berieseln lassen. Und das ist Spitze, weil sie nichts verpassen wollen und mir deshalb keine besondere Beachtung schenken. Ich gehe konzentriert die Treppe hoch, um nicht zu stolpern und so unerwünscht Aufmerksamkeit zu erregen, und erreiche unbehelligt von Fragen stellenden Erziehungsberechtigten mein Zimmer, ziehe mich aus und lege mich ins Bett, aber es dauert eine ganze Weile, bis ich in den Schlaf finde. Ist ja auch klar, nach dem Abend. Zum ersten Mal Flaschendrehen und zum ersten Mal mit Zunge geküsst! Und Bärbel geht mir erst recht nicht aus dem Kopf. Ich ärgere mich, dass ich diese gute Gelegenheit nicht genutzt und sie nach einem weiteren Treffen gefragt habe, obwohl die Stimmung gut war und wir ja schon Zungenkontakt hatten. Ich könnte mir selbst eine reinhauen. Aber eigentlich weiß ich genau, warum ich nicht zum Angriff übergegangen bin. Das Problem ist, dass ich für ein näheres Zusammensein mit Bärbel unweigerlich die alles entscheidende Frage stellen müsste: ›Willst du mit mir gehen?‹ Und da wartet schon die Doppelhürde. Zum Ersten: Diese in jeder Hinsicht schwer auszusprechende Frage beginnt mit ›Wi‹, genau wie Wien. Und dieses ›Wi‹ am Satzanfang bring ich einfach nicht, wie ihr mittlerweile wisst. Das ist so sicher wie das Amen in der Kirche. Da kann ich auch nichts an der Wortwahl basteln. Der Text ist ein Ritual, das man nicht einfach ändern kann. Da kann ich nicht fragen: ›Könntest du dir vorstellen, mit mir gehen zu wollen?‹ Die hält mich doch für total beknackt!

Zum Zweiten: Sollte ich wie durch ein Wunder diese Frage jemals stotterfrei hervorbringen, bleibt immer noch die Antwort abzuwarten. Die könnte eventuell nicht so ausfallen, wie ich mir das wünsche, und dann stehe ich schön blöd da. Nach einer genauen Risikoanalyse komme ich zu dem eindeutigen Schluss: Mädchen ansprechen kann ich vergessen! Das geht hundertpro in die Hose.

Aber immerhin habe ich heute an der erotischen Basis geschnuppert.

Paarungszeit

Die drei Wochen bis zu Mannis Party sind vergangen und er hat Ja gesagt zu meinem Erscheinen.

Die Würfel sind gefallen!

Es ist jetzt so gegen 17 Uhr und Rainer und ich haben uns schon eher getroffen, um uns mental auf die Party vorzubereiten. Und da noch schönes Wetter ist und die Temperaturen angenehm sind, wählen wir als Ort der inneren Einkehr den Hochhausspielplatz in ungefähr vierhundert Metern Entfernung von unserer Wohnsiedlung. Hier ist nie viel los, weil der Spielplatz echt öde ist, vorsichtig ausgedrückt. Außer einer Minirutsche und einem total versifften Sandkasten stehen den nach Beschäftigung suchenden rotznäsigen Schreihälsen zum Zeitvertreib noch die vollkommen abgefaulten und ausgebrochenen Holzpfähle zur Verfügung. Die waren einst als kleiner Balancierweg gedacht, zeigen jetzt aber nur noch, dass Holz vergänglich ist. Aufgrund des Mangels an spielgestaltender Unterstützung und wegen der hohen Verletzungsgefahr an der ehemaligen Balancierstrecke parken die Mütter ihre Kinder lieber vor dem Fernseher. Und deshalb ist hier mal wieder tote Hose, weil alle schon wieder mit Chips, Schokolade und Fanta auf der Couch rumhängen und sich die Kinderstunde reinziehen.

Gut für uns, denn wir wollen noch in Ruhe ein Fläschchen vorglühen, damit wir nicht so unentspannt bei Manni einlaufen. Und nichts ist nerviger als dieses dauernde Kindergeschrei, wenn man entspannen will. Die schreien immer, egal, was is. Wir genießen die Stille, und nach belangloser Rumblödelei, einem Fläschchen Pils und einigen Kippen machen wir uns dann so gegen 18 Uhr auf die Socken. Bis zu Manni sind es fünfzehn Minuten zu Fuß.

Der Hinweg dürfte kein Problem sein.

Ich hab da noch 'ne kleine Geschichte am Rande, Leute, die muss ich euch unterwegs kurz erzählen, da haben wir ja Zeit.

Also, direkt neben dem Spielplatz beginnt Rasen, der sich bis vor das Hochhaus und dessen Balkone zieht. Hier installierten Stuten und ich letztes Jahr zwei Tage vor Silvester, also an dem Tag, ab dem man endlich Feuerwerk kaufen konnte, unsere Konservendosenabschussbasis. Wir hatten bei Sinngruber, das ist die Stammtrinkhalle in unserer Nähe, die fetten Chinaböller bekommen, weil uns die Inhaberin kennt. Wir hatten auch schon mittelgroße Konservendosen vorbereitet, von denen wir den bereits geöffneten Deckel und eventuelle Essensreste entfernt hatten. Wir steckten dann im Abstand von jeweils fünfzig Zentimetern vier Böller in den Rasen vor den Hochhausbalkonen. Stuten zündete dann die Chinas an und ich stülpte blitzschnell die vier Dosen darüber, die durch die Explosion der Böller zu einem echten Geschoss wurden.

Leute, das ging ab wie 'ne Stalinorgel, und durch die leichte Neigung in Richtung Hochhaus schlugen die Dosen in einem Abstand von drei bis vier Sekunden hintereinander volles Rohr in der dritten Etage ein. Wir hörten noch ein Klirren und einen Aufschrei, danach waren wir sofort weg. Am nächsten Tag bekamen wir durch unauffällige Nachforschungen raus, dass bei einer Oma aus dem dritten Stock, die ihre Balkontür zum Lüften aufhatte, eine Dose auf dem Wohnzimmertisch gelandet war und ein Glas Rotwein erwischt hatte. Abgesehen von der neuen dunkelroten Farbgestaltung des Flokati war von schwereren Schäden an Wohnung und Oma aber nicht die Rede. Farbige

Teppiche waren sowieso gerade im Kommen.

Gute Story, oder? Ich würde sagen: Die Kandidaten haben hundert Punkte!

Aber zurück in die Gegenwart. Es ist jetzt Viertel nach sechs. Rainer und ich biegen gerade in die August-Thyssen-Straße ein, in der Manni wohnt und wo die Party stattfindet. Uns wird sofort klar, dass wir nach der richtigen Hausnummer nicht lange suchen müssen, denn die Musik weist uns bereits aus großer Entfernung sicher den Weg. Wenn ich die Sache von hier draußen richtig beurteile, scheint mir Mannis Stereoanlage leicht oberhalb des Niveaus von Stutens Kassettenrekorder angesiedelt zu sein.

Wir gehen die Treppe neben einem älteren, sehr einfach aussehenden Mehrfamilienhaus runter und die Bässe sind jetzt körperlich schon sehr gut spürbar, ich denke, für die Nachbarn ebenfalls. Jetzt, fünf Sekunden bevor ich zum ersten Mal auf eine richtige Party gehe, ist mir so flau im Magen, dass ich sogar eine Peking-Ente verschmähen würde. Aber es gibt kein Zurück mehr, ich muss mich dieser schweren Prüfung stellen und rechne bereits mit dem Schlimmsten.

Scheiß auf die Peking-Ente.

Rainer öffnet die schlampig in grau gestrichene Holztür und wir betreten einen in dichtem Qualm gehüllten Raum. Im ersten Augenblick bin ich leicht geschockt, weil ich eine vollkommen andere Erwartungshaltung in Bezug auf die Räumlichkeiten hatte. Ich habe die gut ausgebauten, gefliesten und beheizten Keller mit Tapeten an den Wänden im Kopf, wie ich sie aus unserer Einfamilienhaussiedlung kenne. Jetzt betrete ich eine Waschküche von 1945, deren Raumgestaltung sofort an einen

›Georg‹ erinnert. Inventar wird überbewertet, aus den Fugen der Wände rieselt der Mörtel, der Fußboden sieht aus wie Sau und auf eine Heizung wurde selbstverständlich aus ökologischen Gründen auch verzichtet.

Es dürften so ungefähr schon zwölf bis fünfzehn Leute da sein, die mit Flasche und Kippe in der Hand herumstehen und locker plaudern. Zwei Mädchen tanzen in der Raummitte, ich schätze mal, so mein Alter, und die gehen schon richtig ab auf ›School's Out‹ von Alice Cooper. Sieht gut aus! Die Perlen auch, und Rainer hat schon die erste leichte Witterung aufgenommen, deshalb muss ich ihn mehr oder weniger mitschleifen und aufpassen, dass er niemanden umrennt, denn er hat seinen Blick noch nicht wieder nach vorne gerichtet. Es fühlt sich ungefähr so an, als würde ich einen Hund gegen seinen Willen von seinem Fressnapf wegziehen, aber was sein muss, muss sein. Wir möchten doch zuerst, wie es sich gehört, den offiziellen Teil erledigen und Manni begrüßen.

Der Raum ist von wenigen Kerzen, die in Flaschenhälse stecken und ihr Wachs ungeniert auf die jeweilige Unterlage fließen lassen, nur sehr schwach beleuchtet. Dadurch ergibt sich in Kombination mit dem dichten Zigarettenqualm in der Waschküche eine Sichtweite von ungefähr drei Metern, weshalb wir Manni erst auf den zweiten Blick entdecken. Er steht hinter einem sehr mitgenommen aussehenden Holztisch auf der gegenüberliegenden Seite des Raumes und legt Platten auf, geht dabei selbst auch gut mit. Wir schlagen uns zu ihm durch und heben die rechte Hand mit dem V-Zeichen zum Gruß, was von Manni umgehend erwidert wird. Aber Manni weiß selbstverständlich, dass zu einer ordentlichen und standesgemäßen Begrüßung seiner Gäste mehr gehört als nur das V-Zeichen und kurzes Abklatschen. Er macht uns sofort mit zwei unmissverständlichen Handbewegungen klar, wo die Getränke stehen, und wir drehen kurz vor seinem Tisch nach links ab und erreichen durch eine ausgehängte Tür einen Flur. Hier ist die Decke noch ein bisschen niedriger als in der Waschküche und ich habe das Gefühl, mir den Kopf zu stoßen, was aber nicht bedrohlich, sondern eher gemütlich wirkt. An den Wänden aus roten Ziegeln mit leicht rieselndem Mörtel liegen Matratzen auf dem nackten Boden, der hier etwas sauberer ist als in der Waschküche. Dazwischen vereinzelt ein paar Kerzen, die jetzt, da ich mich an das Schummerlicht im Allgemeinen gewöhnt habe, durchaus hell genug erscheinen. Jedenfalls hell genug, um zu erkennen, was sich direkt links von uns neben dem Flureingang befindet: die lang ersehnten Getränke! Das hört sich jetzt so an, als würden hier zwei Kästen Pils und ein Kasten Cola an der Wand stehen und wir holen uns mal eben zwei Fläschchen raus. Falsch gedacht. Die Sache stellt sich grundlegend anders dar. Manni hat sich echt nicht lumpen lassen, denn wenn ich das so auf die Schnelle rein oberflächlich korrekt beurteile, steht hier der komplette Getränkehandel von der Holtener Straße.

Leute, da ist alles, was das Herz begehrt, und die Auswahl ist schier grenzenlos. Rainer und ich machen erst mal eine kurze Bestandsaufnahme, um die Reihenfolge der Getränke festzulegen, und beschließen dann, den Abend gepflegt angehen zu lassen. Wir genehmigen uns erst einmal einen Martini, natürlich Bianco. Der geht zum Einstieg immer! Danach übrigens auch. Ich meine ja nur.

Wir schlendern zurück zu Manni, für den wir ebenfalls einen Martini im Gepäck haben, und stoßen mit ihm an, was mir direkt die Gelegenheit gibt, mich für die Einladung zu bedanken und ihm Respekt zu zollen für seine Wahnsinnsplattensammlung. Die ist echt stark. Hier liegt alles rum, was Rang und Namen hat.

Rechts auf dem Tisch liegen die Singles und links die LPs. Manni bleibt die ganze Zeit im Takt und ist voll bei seinen Songs, nimmt aber meine Bewunderung seiner Sammlung gerne mit einem kurzen Blick in meine Richtung entgegen. Dann holt er blitzschnell die nächste Single aus der Hülle und wechselt die Platte innerhalb von drei Sekunden, damit die Musikpause nicht so lang ist und die beiden gut aussehenden Tänzerinnen nicht die ›Tanzfläche‹ verlassen. Ist schlecht für die Stimmung, wenn keine Bewegung im Raum ist. Er hat deshalb den Blick schon wieder auf die vielen Plattencover gerichtet, um wiederum die richtige Anschlussmusik parat zu halten.

Rainer und ich haben den Einstiegsmartini zügig geleert und orientieren uns noch einmal kurz in Richtung Getränkegroßlager, ziehen jeder ein Köpi aus dem Kasten, wechseln wieder in die Waschküche und stellen fest, dass eines der alten Bierfässer, die Manni aus dem Keller seines Vaters geholt hat und die sich hervorragend als Stehtisch eignen, noch unbemannt ist. Kaum zu glauben, und deshalb steuern wir zügig rüber und beziehen unsere Basis, vor der im Abstand von einem Meter mittlerweile drei bestens aussehende Tänzerinnen zu ›Teenage Rampage‹ von Sweet richtig gut abrocken und uns gefühlt eine hautnahe Privatvorstellung geben.

Wir plaudern über dies und jenes, unsere Augen dabei stets auf die drei optischen Leckerbissen gerichtet, als ich mal eben pinkeln muss. Ich haue Rainer kurz an, wo hier der Pott ist, aber der ist auch zum ersten Mal hier im Keller und hat deshalb ebenfalls keinen Schimmer. Ich schlendere also kurz zu Manni rüber und er gibt mir zu verstehen, dass die Jungs in den Abfluss vor der Kellertür pinkeln sollen.

Mannis Eltern sind zwar für eine Woche im Urlaub, aber es dürfen nur die Mädchen nach oben in die Wohnung, um die

Toilette zu benutzen, weil sonst die Wohnung total verwüstet und Manni noch mehr Ärger bekommen würde als ohnehin schon wegen der Beschwerden der spießigen Nachbarn.

Ich gehe kurz zum Pinkeln vor die Kellertür und versuche, den Abfluss zu treffen, wobei mir auffällt, wie deutlich man hier die Musik spürt. Mannis Stereoanlage kann man wahrscheinlich nur noch mit Asbesthandschuhen anpacken, wenn man sich nicht übelste Verbrennungen zuziehen will, aber wenn ›48 Crash‹ von Suzi Quatro auf dem Teller liegt, dann kann man nicht einfach den Lautstärkeregler zurückdrehen. Die Platte muss man am Limit hören. Ohne Rücksicht aufs Material.

Die kurze Pause an der frischen Luft tut gut, und als ich die Kellertür wieder öffne, um mich zur Basis zu begeben, nehme ich erst richtig wahr, dass es in der Partywaschküche schon echt voll geworden ist. Es dürften jetzt wohl über dreißig Leute hier sein, und die Nikotinnebelbank im Raum ist mittlerweile zur festen Masse gereift, sodass ich das Gefühl habe, ich könnte reinbeißen und meinen Nikotinbedarf auch als kleine Zwischenmahlzeit zu mir nehmen und mit einem Bierchen runterspülen.

Tja, Leute, jetzt wird mir auch klar, warum es scheißegal ist, wie bei einer Kellerfete der Kellerraum aussieht. Ich sehe die Wände vor Qualm und den Boden vor Leuten nicht mehr. Und für Möbelstücke wäre jetzt ohnehin kein Platz mehr in dem mit Leuten voll besetzten Raum vorhanden, und auf eine Heizung kann man wahrhaftig auch verzichten. Das ist so warm hier drin geworden, ich fang schon voll an zu ölen.

Die Augen brennen vom Zigarettenqualm, das Leergut gewinnt schnell an Masse und die Stimmung ist echt super, was zu einem großen Teil an Mannis Musikauswahl liegt, aber auch an seiner im Grenzbereich arbeitenden Stereoanlage, deren

Lautstärkeregler bereits vor zwanzig Minuten das Skalenende erreicht hat. Schade, Manni musste leider die Bässe etwas rausnehmen, damit die Kiste nicht kollabiert. Aber das tut der Stimmung keinen Abbruch, der ganze Raum ist in Bewegung und alle gehen voll mit, denn Manni legt einen Kracher nach dem anderen auf.

Durch die vielen Leute und die laute Musik reicht für die Verständigung Zimmerlautstärke nicht mehr aus. Wir müssen schon nahezu schreien, wie es eben auf einer guten Party sein muss. Es ist jetzt echt eng geworden und wir teilen unser Stehfass mittlerweile mit vielen anderen Leuten, die Rainer zum Teil von seiner Schule her kennt. Da die Waschküche fast überquillt, sind jetzt Steh- und Tanzbereich nicht mehr voneinander abzugrenzen. Man wird ständig von irgendjemanden angerempelt, nach einer Kippe oder Feuer gefragt, und man unterhält sich kreuz und quer, und zwischendurch tanzt einem immer irgendjemand vor und auf den Füßen rum, weil jeder genau da tanzt, wo er gerade steht. Was sich jetzt für den einen oder anderen vielleicht wenig reizvoll anhört, ist aber eine super Fete und alle sind in absoluter Beststimmung, genau wie ich. Ich beteilige mich rege an den lautstarken Unterhaltungen, bin richtig locker und merke so langsam, dass dieses Fastschreien in Bezug auf meine Stotterei fast so gut wie Singen für mich ist, denn ich kann fast ohne Hänger Fastschreien. Außerdem ist durch die laute und gute Musik und das bunte Treiben der Leute die Aufmerksamkeit nicht auf mich gerichtet und ich habe deshalb zu keiner Zeit das Gefühl, dass verbal etwas Bestimmtes von mir erwartet wird oder viele Leute zuhören. Da kann ich weitestgehend flüssig rüberbringen, was ich meinem Gegenüber zu sagen habe.

Wenn ich so darüber nachdenke, hat man beim Singen und beim Fastschreien wesentlich mehr Druck auf der Stimme, weil man ja viel mehr Luft rausdrückt. Das dürfte wahrscheinlich der entscheidende Unterschied zum normalen Sprechen sein. Sollte es dennoch kleine sprachliche Auffälligkeiten geben, würden die anderen diese ganz sicher dem Alkohol zuschreiben.

Tja, Leute, ich würde sagen: Gar nicht schlecht, oder! Um nicht zu sagen: Ich bin bester Dinge! Ich kann mich mit den anderen locker unterhalten, ohne dass es zum Outing kommt und der Abend durch eine schwere Stottervorstellung für mich in einer Katastrophe endet. Das eröffnet vollkommen ungeahnte Möglichkeiten. Meine Laune wird immer besser und ich fühle geradezu mein gesteigertes Selbstvertrauen in meiner Brust. Außerdem bin ich überrascht, wie viele Leute, und darunter auch Mädchen, sich mit mir von sich aus unterhalten und längere Zeit bei Rainer und mir an unserer Fassbasis verweilen. Und das alles, ohne dass ich die letzten Stunden in irgendeiner Weise gestottert oder auch nur daran gedacht habe. Ich muss mir echt merken, immer ausreichend laut zu sprechen und vorher gut einzuatmen, damit ich auch genug Luft zum Rausdrücken habe, um Druck in meine Stimme zu bekommen. Mir fällt auch schon seit Längerem auf, dass Stotterattacken immer mit einer gewissen Luftknappheit einhergehen, was meine neue Theorie unterstreicht. Ich atme vor dem Sprechen fälschlicherweise aus statt ein. Das wird sich aber sofort radikal ändern.

Manni hat wirklich ein gutes Händchen bei der Plattenauswahl. Die Musik ist gut gemischt und genau richtig für eine echt gute Party, mal voll Hardrock zum Ausrasten, dann wieder was zum normal tanzen. Ehrlicherweise muss man aber sagen, dass die tanzenden Personen bislang ausnahmslos Mädchen sind, was mir wiederum zeigt: Ich bin nicht allein mit meiner Tanzphobie. Obwohl, heute Abend habe ich mich schon mehrmals dabei ertappt, wie ich, ohne darüber nachzudenken, auch von der allgemeinen Superstimmung erfasst worden bin und mich wie die anderen zur Musik bewegt habe. Mehr machen die Tänzerinnen auch nicht, wie ich sehe, und es scheint mir so, als wäre meine Sorge vor einer Tanzblamage vollkommen unbegründet. Denn das Tanzen läuft ganz anders ab, als ich dachte. Meine Vorstellung war, man würde auf Partys so richtig nach Tanzschulmanier die Musik mit festgelegten Schrittmustern betanzen. Was ich aber hier sehe, hat mit festgelegt wenig zu tun. Jeder tanzt, wie er will, manche zusammen, im Augenblick nur Mädchen, andere tanzen für sich allein, und niemand achtet auf irgendetwas und der Tanzstil bleibt jedem selbst überlassen.

Das wird ja immer besser: Völlig unerwartet kann ich ohne Outing mit anderen Leuten sprechen, ich hab schon fast Bock zu tanzen und meine Selbstzweifel werden immer dünner. Mal schauen, vielleicht geht ja noch mehr heute Abend. Ihr wisst schon, Mädchen kennenlernen und so.

Rainer und ich stehen immer noch an unserer Basis, tauschen ein paar belanglose Bemerkungen aus, bieten uns gegenseitig Kippen an, und in Sprech- beziehungsweise Schreipausen schauen wir im Raum herum und bewegen uns leicht zur Musik, wenn wir Platz dafür finden. Und wenn man so am Stehfass steht und die Blicke schweifen lässt, da kann man so allerhand entdecken. Und weil der Platz an unserer Basis optimale Gesamtübersicht auf das bunte Treiben garantiert, geht immer nur einer von uns zum Outdoorpinkeln oder Getränke holen, um auf jeden Fall den strategisch günstigen Standpunkt verteidigen zu können.

Der Abend ist schon fortgeschritten, Manni legt jetzt auch den einen oder anderen Blues auf, und schon sind die ersten männlichen Vertreter auf der Tanzfläche beziehungsweise drängeln sich durch die Menge, bis sie bei dem Mädchen ihrer Träume angekommen sind, fragen sie dann, ob sie tanzen möchte, und wenn sie ja sagt, wird sofort da losgetanzt, wo man gerade steht, weil der Raum sowieso komplett voll ist. Der Weg zum weiblichen Geschlecht wird aber ausnahmslos dann gesucht, wenn ein Blues gespielt wird.

Wenn ich das trotz meines jugendlichen Alters richtig beurteile, würde ich sagen, die Paarungszeit hat begonnen. Man sieht genau, wie sich die Jungs mit Tempo ihren Weg durch die Menge bahnen, um rechtzeitig bei der Perle anzukommen, denn die meisten Platten dauern so drei bis vier Minuten, davon dauert schon eine der Weg, noch mal eine halbe Minute fürs Fragen und Getränk-der-Frau-Wegstellen, bleiben im günstigsten Fall noch zweieinhalb. Und das ist verdammt wenig Zeit für das, was mir darüber hinaus noch aufgefallen ist. Beim Blues hat nämlich alles seinen genauen Ablauf, und es trifft sich vorzüglich, dass ich das alles von unserer Basis bestens beobachten kann. Dafür bin ich Manni und seiner Einladung wirklich dankbar.

Die Jungs, die scharf auf ein Mädchen sind, sich aber nicht trauen, zu fragen, also die Frage aller Fragen, warten bis zu fortgeschrittener Stunde bei Schummerbeleuchtung und bester durch Alkohol enthemmter Stimmung, also jetzt, dass ein richtig guter Blues aufgelegt wird. Und mit richtig gut meine ich richtig langsam. Der eigentliche Tanz ist eigentlich kein Tanz, sondern eine zeitlupenähnliche, in mehr oder weniger starker Umklammerung durchgeführte Drehbewegung. Da ist man immer schön nah zusammen und hat immer schönen ruhigen Körperkontakt. Wenn man dann die angepeilte Drehgeschwindigkeit von circa einer Umdrehung pro Minute erreicht hat, greift der Junge etwas enger um das Mädchen, zieht sie näher an sich heran und wartet auf die Reaktion. Wird der Angriff vom Objekt der Begierde nicht erwidert, bricht der Junge sein Vorhaben ab, lockert wieder leicht die Umarmung, tanzt normal bis zum Ende der Platte und kann dann die Tanzfläche wieder allein verlassen, ohne sein Gesicht zu verlieren. Hätte er aber die Perle gefragt, ob sie mit ihm gehen will, und die hätte Nein gesagt, wäre der Abend gelaufen.

Wenn das Mädchen aber den verstärkten Druck erwidert und ebenfalls etwas enger packt, wird die Zuneigung der Angebeteten noch einmal durch eine erneute, im Detail tiefer verlaufende Druckprüfung letztendlich überprüft. Die Umklammerung wird erneut etwas fester, und mit tiefer verlaufend meine ich die Position der rechten Hand, denn die rutscht von der Taille gut dreißig Zentimeter nach unten auf die linke Arschbacke des Mädchens und sucht dort deutlich spürbar nach Halt. Läuft bei dieser finalen tiefer verlaufenden Druckprüfung alles glatt und die Frau packt nach dem Arschbackengriff nochmals enger zu, springt die Ampel auf Grün und der entscheidende Augenblick ist gekommen. Man löst sich leicht aus der eng umschlungenen Tanzhaltung und setzt zum Kuss an, natürlich mit Zunge. Damit ist alles klar und zählt genauso, als hätte der Typ seine Traumfrau gefragt, ob sie mit ihm gehen will. Unmittelbar nach einem gelungenen Angriff und der ewig dauernden Knutschzeremonie auf der Tanzfläche beziehungsweise am Tanzstandpunkt begibt man sich dann in den ruhigeren Flur, sucht sich ein lauschiges Plätzchen auf einer der Matratzen und setzt genau da wieder ein, wo man mit der rechten Hand auf der Tanzfläche aufgehört hat.

Wenn ich die Sache trotz meiner zwei Martini Bianco und diversen Fläschchen Bier richtig analysiere, ergibt sich für mich folgendes Bild: Das könnte ich auch packen! Mich langsam im Kreis drehen kann ich, Hand rutschen lassen kann ich, mit Zunge kann ich, und mehr brauche ich für den Anfang nicht. Gut, dass wir letztens Flaschendrehen gemacht haben.

Ein Blues ist also nichts anderes als ein leicht erotisches Vor-checking mit optionalem Abschluss, sozusagen die Vor-Petting-stufe. Und alles ohne ein gesprochenes Wort.

Leute, was gestern noch für mich Science-Fiction war, scheint heute auf einmal greifbar nah. Reimt sich sogar.

Wenn man mal genau über dieses Bluesritual nachdenkt, kann es für die Existenz nur einen plausiblen Grund geben: Die Normalsprecher trauen sich auch nicht, ›Willst du mit mir gehen‹ zu fragen, weil sie Düse vor der Antwort haben, und genau deshalb sind Partys und Blues so wichtig, denn ohne Partys und Blues müssten die Mädchen die Jungs fragen, damit die Menschheit nicht ausstirbt.

Ich frage mich natürlich mit großer Verwunderung, warum solcherlei Basiswissen nie in der ›Frivol Extra‹ besprochen wurde. Die genaue Kenntnis um eine solche Gesetzmäßigkeit ist doch eine absolute Grundvoraussetzung bei der jugendlichen Partnersuche. Alles läuft nur über den Blues. Gut, dass ich das jetzt weiß! Na ja, zu glauben, eine solche Information aus der ›Frivol Extra‹ zu bekommen, ist wahrscheinlich etwas naiv, denn das Ziel dieser Illustrierten ist sicherlich nicht die Aufarbeitung pubertärer Probleme, und ich muss mir insgeheim eingestehen: Vielleicht wäre es doch ganz gut gewesen, auch mal einen Blick in die ›Bravo‹ zu werfen. Da sollen ja neben anderen interessanten Dingen auch genau solche Sachen angesprochen werden. Die ›Bravo‹ ist aber in der allgemeinen männlichen Wahrnehmung nur was für kleine unerfahrene Mädchen, weshalb man sich als Junge besser nicht von seinen Freunden mit einer ›Bravo‹ erwischen lässt. Das könnte schwerwiegende Folgen haben. Aber vielleicht hätte ich dann schon vorher gewusst, dass man Mädchen auf diese wortlose Art ansprechen kann, und hätte beim Flaschendrehen Bärbel einfach zum Blues aufgefordert.

Egal, besser spät als nie.

Während ich über dieses bestens strukturierte wortlose Paarungsritual nachdenke, legt Manni ›Radar Love‹ von Golden Earring auf und wir gehen alle voll ab, strecken die Hände in die Luft, singen und tanzen mit der Musik, als sich die Kellertüre öffnet. Zwei Personen betreten die Partywaschküche, die ich aber durch die kompakte Nebelwand auf den ersten Blick nicht erkennen kann und nur schemenhaft wahrnehme. Die Konturen der sich in Richtung Manni bewegenden Personen zeigen aber eindeutig, dass es sich um Mädchen handelt, und jetzt, da die beiden vor Manni und dem alten Holztisch stehen, geht ein Ruck durch meinen Körper und mir fällt fast die Kippe aus dem Mundwinkel, denn vor dem kaum fünf Meter entfernten Discomöbel stehen Bärbel und Petra vom Flaschendrehen. Ich dreh durch!

Die beiden haben mich in dem verrauchten Raum unter den vielen Leuten nicht wahrgenommen und steuern nach der Begrüßung des Gastgebers wie zu erwarten direkt das Getränkecenter im Flur an, was angesichts der hohen Personendichte einige Zeit in Anspruch nimmt. Kurz danach kommen beide mit einem Bier in der Hand zurück in die Waschküche. Da ich die zwei selbstverständlich nicht aus den Augen lasse, fällt mir auf, dass Petra die Anzahl der Tempotücher pro Brusttasche um mindestens fünfzig Prozent erhöht hat und damit die maximale Füllmenge erreicht sein dürfte. Mein lieber Scholli! Die Jacke hat jetzt echt Volumen. Ich haue Rainer kurz an und mache ihn auf Bärbel und Petra aufmerksam. Ich hatte ihm selbstverständlich schon von Georgs sensationeller Rohbauparty mit Flaschendrehen erzählt. Da mir Rainers Gesichtsausdruck sofort verrät, dass er äußerst stark an deren Bekanntschaft interessiert ist, mache ich ihn vorsorglich

darauf aufmerksam, dass er Bärbel von seiner Menükarte strei-
chen kann. Auf den zweiten Blick sehe ich allerdings, dass ich mir
den Hinweis auch hätte sparen können, denn seine Augen sind
fest auf den vermeintlich wohlproportionierten Leckerbissen
Petra mit ihrer großvolumigen Jeansjacke gerichtet. Um die Sache nicht zu verkomplizieren und Rainer nicht den Appetit zu
verderben, halte ich die Information bezüglich Petras Brusttas-
chenfüllung natürlich zurück und werde mir gemütlich anschauen, wie er es gleich angehen lässt. Denn dass Rainer gleich
etwas in Sachen neue Perle unternehmen wird, ist so sicher wie
das Amen in der Kirche, denn er hat vorhin auf der Bank am
Hochhausspielplatz noch großspurig angekündigt, dass er die
Party heute auf jeden Fall nutzen wird, um seinem Singledasein
ein schnelles Ende zu bereiten. Und wer sich so weit aus dem
Fenster lehnt, kann sich jetzt nicht die Blöße geben und den
Heimweg solo antreten. Und dass Petra genau seine Formen-
sprache spricht, ist auch ohne Dolmetscher klar.

Ich kenne Rainer ja jetzt schon eine ganze Weile, und eins
muss man ihm lassen: Frauen anlabern kann er gut. Der Mann
hat keine Hemmungen. Dem ist keine Story zu blöd.

Bärbel und Petra haben mich gesehen und steuern tatsächlich
durch das Gedränge auf uns zu. Ich merke, wie ich zwar
einigermaßen nervös werde, aber dank der echt guten und
ausgelassenen Stimmung und wegen der guten und lauten Musik
hält sich meine allgemeine Zurückhaltung und damit auch meine
Schüchternheit gegenüber Mädchen in einigermaßen engen
Grenzen. Natürlich auch deshalb, weil man hier unten dauernd
schreien muss und ich mich deshalb nahezu flüssig unterhalten
kann. Eventuell könnte meine Hemmschwelle auch etwas
abgesunken sein, weil Rainer und ich schon das ein oder andere
Getränk zu uns genommen haben.

Wir begrüßen uns mit den üblichen Fragen wie »Was macht ihr denn hier?« und »Wo kommt ihr denn jetzt her?« um das Gespräch in Gang zu bringen. Nach einer kurzen Eingangsplauderei, die mir dank der vorhin erwähnten exzellenten Rahmenbedingungen gut von der Zunge geht, entschließe ich mich, wie es sich gehört, vier Martini Bianco für eine ordentliche Begrüßung und einen netten Einstieg in den Abend zu besorgen. Der Vorschlag wird von den anderen äußerst wohlwollend beurteilt, und während Bärbel ihr »Ja, gerne« auf meinen Getränkevorschlag erwidert, legt sie mir ihre Hand für eine nicht unerhebliche Zeit auf meine Schulter und lächelt mich dabei wieder so süß an.

Leute, das geht mir durch den ganzen Körper und mein Entschluss steht fest! Heute greif ich an! Scheißegal, was passiert.

Ich starte mit Ziel Getränkegroßlager zügig durch, habe mir aber noch keine Gedanken über eventuelle Tücken beim Transport gemacht. Jetzt aber, an der flüssigen Schatzkammer angekommen, wird mir klar, dass es unmöglich ist, vier volle Martinigläser durch die Menge zu jonglieren, ohne dabei weniger als neunzig Prozent Verlust zu haben. Da werde ich wohl zuerst für die Frauen servieren, wie es sich für einen Gentleman gehört, und dann muss ich noch mal los für Rainer und mich, wobei mir gerade einfällt, dass noch zwei leere Martinigläser von vorhin auf unserem Fass stehen. Ich brauche also nur zwei frische Gläser für die Frauen und nehme einfach eine ganze Flasche Martini mit und schenke am Tisch ein. Hat auch wesentlich mehr Stil als mit komplett verschlabberten Gläsern und nassen klebrigen Händen am Tisch zu erscheinen.

Sehr gut, Junge!

Während ich nach Gläsern und Flasche greife, fällt mir auf, dass bereits zwei Matratzen im Flur belegt sind, und mich treibt ein wenig die Neugier, zu sehen, was man da so treibt. Aber ich kann leider nichts Richtiges erkennen, weil es erstens ziemlich dunkel und verqualmt ist, und ich zweitens nicht zwanzig Minuten wie son Oberspanner dahin glotzen kann. Die schmeißen mich ja hier raus.

Ich nehme also ohne nähere Informationen über das bunte Treiben im Matratzenflur die Flasche in die eine und die Gläser in die andere Hand und mache mich wieder in Richtung Stehfass auf den Rückweg. Auf halber Strecke gibt die Nebelbank kurz einen verhangenen Blick auf Rainer und die Mädchen frei, und ich sehe genau das, was ich euch gerade gesagt habe: Der labert die ganze Zeit Schwachsinn, erzählt den Perlen Geschichten aus dem Wiener Wald, macht dabei schon die ersten kleinen Körperkontakte, und die Perlen finden das gut.

Ich erreiche endlich die Basis, wo ich auch schon sehnsüchtig erwartet werde, stelle die zwei Gläser auf das Fass und schenke viermal großzügig ein. Wir prosten uns alle zu, nehmen ein schönes Schlückchen und steigen wieder in die Unterhaltung ein, die aber immer wieder unterbrochen wird, weil Manni weiterhin einen Hammer nach dem anderen auflegt und wir immer mitgröhlen müssen, wodurch dann die Gespräche schnell vom Mitsingen des nächsten Songs abgelöst werden.

Nach einiger Zeit muss Bärbel mal auf die Toilette und Petra schließt sich selbstverständlich an, um in Ruhe ein Wort unter Frauen über den weiteren Verlauf des Abends sowie über die eventuelle Partnerwahl zu sprechen. Die beiden sind kaum durch den Flur ins Treppenhaus, da legt Manni ausgerechnet jetzt schon einen top Blues auf: ›Angie‹ von den Stones. Ich gucke kurz zu Rainer rüber, der meine verzogene Miene in Bezug auf Mannis Blues-Timing sofort erwidert. Das wär eine gute Gelegenheit gewesen, um das frisch Erlernte in die Praxis umzusetzen, aber es wird sich bestimmt noch die eine oder andere gute Gelegenheit ergeben.

Nur der geduldige Jäger wird mit Beute sein Revier verlassen! Und der Jäger muss nicht lange warten, um genau zu sein, drei Singlelängen, also ungefähr zehn Minuten, dann legt Manni den Blues der Blues auf: ›Nights in white satin‹ von den Moody Blues. Jeder der heute noch was vorhat, setzt sich umgehend zu seiner Herzdame in Bewegung, um diese exzellente Vorchecking-Untermalung nicht ungenutzt verstreichen zu lassen, denn die Platte ist das halbe Ticket für den Eintritt in den Matratzenflur. Auch Rainer schaltet ohne Verzögerung und fragt Petra sofort, ob sie tanzen möchte, was Petra sichtlich erfreut. Jetzt bleiben mir maximal drei Sekunden, um Bärbel ebenfalls aufzufordern und dabei auch noch spontan zu wirken. Ich drehe mich zu ihr, um sie zu fragen, ob sie mit mir tanzen möchte, und dabei wird mir klar, dass ich zum ersten Mal in meinem Leben ein Mädchen zum Tanzen auffordere. Es scheint, als würde ich mich in einer anderen Welt bewegen, eine Welt, in der sich die Türen zu meinen Träumen öffnen.

Ich glaube, Bärbel hat schon darauf gewartet, denn auf meine Frage, ob sie mit mir tanzen möchte, lacht sie mich wieder so unwiderstehlich und mit einem deutlichen Kopfnicken an. Ich nehme mehr unbewusst ihre Hand und ziehe sie einen Meter vom Stehfass weg in Richtung ehemaliges Tanzareal. Hier bleiben wir stehen, gehen in enge Umarmung und beginnen mit der Drehbewegung. Ich habe ja jetzt nicht so das Vergleichsmaterial, aber es scheint mir so, als hätte Bärbel schon eine ziemlich enge Tanzhaltung gewählt, um nicht zu sagen: verdammt eng. Ihr Kopf liegt mit vollem Gewicht auf meiner Schulter und leicht gegen meinen Kopf gedrückt. Ich spüre ihre Brüste auf meiner Brust und ihre Hände auf meinem Rücken. Ich glaube, ich kann Bärbels Verhalten durchaus als Einladung zu mehr verstehen und steige direkt an Punkt zwei in die Bluesroutine ein. Soll heißen: Ich bin wie vom Wahnsinn geritten, überspringe die erste Druckprüfung und lasse meine Hand direkt auf Bärbels Arschbacke wandern. Offensichtlich hat sie nichts dagegen, denn sie fasst nochmals enger, und zwar so eng, dass sie höchst wahrscheinlich meine harte Zuneigung unter der Gürtellinie spüren kann.

Leute, ich kann euch gar nicht sagen, was das für ein Gefühl ist. Gestern ging mir noch voll die Düse wegen der Party. Angst vorm Tanzen, Angst vorm Sprechen, Angst vor Frauen, und jetzt: Ich unterhalte mich locker mit Bärbel, fordere sie zum Tanzen auf, packe ihr gepflegt an den Hintern, sie drückt ihre Brüste gegen mich, ich hab voll den Ständer und sie will offensichtlich noch mehr.

Noch eine Umdrehung, dann muss ich zum Kuss ansetzen, damit nicht vorher die musikalische Unterstützung ausfällt und diese einmalige Gelegenheit passé ist. Bei mir sind sämtliche Selbstzweifel verflogen und ich sehe selbst im Finale kein Problem, denn wir hatten ja schon beim Flaschendrehen das Vergnügen und genau das werden wir jetzt wieder haben.

Während ich mich auf den entscheidenden Zeitpunkt vorbereite, sehe ich Rainer, der seine Hand ebenfalls im unteren Bereich fest verankert hat. Bei den beiden sieht die Tanzhaltung allerdings nicht ganz so harmonisch aus, weil Rainer durch Petras ›Brustvergrößerung‹ ein wenig auf Distanz gehalten wird und sein Oberkörper leicht nach hinten geneigt ist. Scheint ihn aber nicht sonderlich zu stören, denn wie ich gerade feststelle, geht Rainer den Weg der erweiterten Druckprüfung, denn auch die zweite Hand rutscht nach unten und sucht sich festen Halt an bekannter Stelle. Eine Abwehrreaktion seitens Petra kann ich nicht erkennen, im Gegenteil: Sie zieht Rainer an sich ran und drückt ihm ihre Tempotücher mit leichten Reibbewegungen gegen die

Brust, als wolle sie ihn lustvoll verführen, und ich denke, nein, ich weiß, Rainer hat ebenfalls mit harten Tatsachen unter der Gürtellinie zu kämpfen, die er genau wie ich beim eng getanzten Blues kaum verleugnen kann.

Ich belasse es aber bei der geläufigen Einhandvariante, schon aus Zeitmangel, weil sich die Platte so langsam dem Ende nähert und ich zu Potte kommen muss. Ich nehme meinen Kopf aus der Verankerung und setze zum Kuss an. Bärbel reagiert sofort und tut ihr Übriges und wir verfallen in wildes Knutschen, wie es die Blues-Routine vorschreibt. Einen Meter weiter stehen Rainer und Petra, deren Zungen ebenfalls Bekanntschaft machen.

Und jetzt, Leute, lasse ich erst gar keinen Raum für Diskussionen aufkommen, sondern packe Bärbel, die sich bereitwillig von mir in Richtung Flur dirigieren lässt. Wir lachen uns beide an, als wir den Flur betreten, weil nur noch zwei Matratzen frei sind, und auf den belegten Matratzen schon gut Action ist, wie gleich bei uns.

Wir nehmen die Matratze hinten links, schön dunkel und eben schön hinten. Kurz nachdem wir unsere Federkernunterlage bezogen haben, kommen Rainer und Petra in den Flur und müssen die letzte Matratze nehmen. Pech für Rainer, dass ich mit Bärbel schneller war, denn die einzig verbliebene Möglichkeit, heute Abend noch die Jeansjacke von Petra zu lüften, ist die Matratze direkt vorne am Eingang neben den Getränken. Da ist den ganzen Abend Dauerverkehr, also bei den Getränken, nicht auf der Matratze.

Darüber hinaus muss ich feststellen, dass hier nicht nur geknutscht, sondern hier und da auch schwer gefummelt wird. A-propos gefummelt. Rainer und Petra haben die Pförtnerloge bezogen und jetzt geht der Spaß gleich los. Bärbel weiß natürlich auch, was Petra in den Brusttaschen hat, und wir amüsieren uns schon im Voraus über Rainers Reaktion, wenn er die Tempos mit voller Hingabe bearbeitet. Ich bin gespannt, wie lange es dauert, bis seine Schwellkörper merken, dass sie sich an Taschentüchern abarbeiten. Dann verlieren wir die beiden aus den Augen, weil wir zu sehr mit uns beschäftigt sind.

Der Restabend findet dann mehr oder weniger auf der Matratze statt, bis es gegen halb eins so langsam Zeit zum Gehen wird, weil Bärbel bis spätestens um 1 Uhr zu Hause sein muss. Selbstverständlich bringe ich sie nach Hause, aber wir laufen nicht allein. Petra und Rainer kommen mit, weil Petra in derselben Straße wohnt wie Bärbel und auch um eins zu Hause sein muss.

Vor Bärbels Haus verabrede ich mich für morgen mit ihr und frage sie, ob sie zu mir kommen möchte, was sie freudig bejaht, wonach sie dann in der Haustüre verschwindet. Als dann auch Petra den Weg in ihr Zuhause gefunden hat, klatschen Rainer und ich ab, wobei das Abklatschen zum einen dem gelungenen Abend mit gelungener Partnerwahl gilt, zum anderen unsere Verabschiedung ist, weil wir ab jetzt in unterschiedliche Richtungen müssen.

Ich mache mich auf die Socken, stecke mir eine an und denke über den Wahnsinnsabend nach. Und ich denke nicht nur an Bärbel, ich denke genauso an meinen beschissenen Sprachfehler. Ich habe schon die ganzen letzten Monate gemerkt, dass mein Stottern immer weniger wird, aber heute war alles wie ausradiert, so, als wäre bei mir in Sachen Sprechen ein Schalter umgelegt worden. Ich habe den ganzen Abend nicht an Sprachschwierigkeiten gedacht und auch auf dem Weg nach Hause mit den anderen nicht ein einziges Mal gestottert. Der scheiß Sprachfehler findet also doch nur im Kopf statt, und weil mir heute vollkommen klar geworden ist, dass ich alles kann, was die anderen können, hat sich bei mir eine neue Selbstsicherheit entwickelt, die meine Ängste im Keim erstickt. Ich fühle mich richtig frei! Ein Gefühl, das mir bis heute völlig fremd gewesen ist.

Aber ich will nicht überschwänglich und leichtsinnig werden, deshalb bin ich noch etwas vorsichtig und will möglichen kommunikativen Rückschlägen vorbeugen. Das ist auch der Grund, warum ich Bärbel gefragt habe, ob sie morgen zu mir kommen möchte. Wenn ich zu ihr gehen würde, müsste ich bei ihr schellen, und das birgt die Gefahr, dass ihr Vater oder ihre Mutter die Türe öffnet und mich fragt, wer ich bin und was ich möchte. Nicht, dass ich Angst davor hätte, aber ich will kein unnötiges Risiko eingehen. Ich möchte sichergehen, dass meine neue sprachliche Lockerheit nicht doch durch unvorhersehbare Ereignisse an der Haustüre die ersten Risse zeigt und ich mich sprachlich plötzlich auf gewohntem Terrain wiederfinde. Da geh ich lieber auf Nummer sicher und lasse sie zu mir kommen. Außerdem ist bei mir nachmittags immer sturmfreie Bude, weil meine Eltern beide im Geschäft sind. Noch nicht mal Patt ist da. Der ist auch im Geschäft. Ihr wisst schon, Security Dog mit Hang zu guter Küche.

Vor ein paar Tagen dachte ich noch, das Flaschendrehen bei Georgs Rohbauparty sollte für immer meine höchste erotische Erfahrung bleiben, dann plötzlich wendet sich das Blatt. Auf einmal liege mit Bärbel im Fummelflur, die ersten fünf Knöpfe ihrer Bluse öffnen sich wie von selbst und sie geht jetzt mit mir.

Tja, Leute, ich hab meine erste Freundin!

Ich würde sagen, ich bin auf der Zielgeraden. Und wenn sie morgen bei mir ist, lege ich die richtige Musik in meinen Kassettenrekorder, und dann liegt Bärbel neben mir auf meinem Klappbett, nicht mehr die ›Frivol Extra‹. Die muss ich übrigens noch verstecken. Wär echt peinlich, wenn die da rumläge.

Tja, Leute, da habt ihr vor einem Jahr nicht mit gerechnet,

oder? Ich auch nicht! Und das morgen Nachmittag in meinem Klappbett schwer was los ist, brauche ich ja wohl nicht extra zu erwähnen.

It's Petting-Time, Kollegen!

Ich flipp echt aus! Man darf die Hoffnung eben nie aufgeben, auch wenn die Lage noch so beschissen scheint.

Ich geh schon mal für morgen duschen.

Das Ende der Hackbratentradition

Hallo, Leute, tut mir leid, dass ich so lange nix von mir hab hören lassen, aber ich war echt beschäftigt. Ihr wisst schon, gefangen im Klappbett. Aber ihr wisst noch nicht, dass seit zwei Monaten Angelika neben mir auf dem Klappbett Platz gefunden hat, und, wie soll ich sagen, sichtlich Spaß an unseren körperlich aktiven Nachmittagen hat, weshalb mein Bettbezug mehrmals die Woche den Weg in die Waschmaschine sucht. Und Angelika sieht echt scharf aus. So scharf, dass sogar Patt hinterherguckt, wenn sie zu mir kommt. Da will ich mich mal nicht beklagen.

Stuten hat ebenfalls das Single-Dasein verlassen und macht es sich seit drei Monaten mit Anita, der Schwester von Gerald, auf seinem Normalbett gemütlich. Auf der letzten Fete bei Werner, der bei Stuten und mir im Deutschkurs ist, haben Anita und er zueinandergefunden. Und der Weg in die Partnerschaft war dort besonders leicht begehbar, weil Stuten auf der Fete die tatkräftige Unterstützung des Blues nutzen konnte und durch die bewährte doppelte Druckprüfung einen genauen Eindruck von Anitas Zuneigung bekommen konnte. Der hätte sich sonst nie getraut, Anita die Frage der Fragen zu stellen, und die beiden wären noch längst nicht zusammen. Stuten hat sich auch gedacht: *Warum Harakiri machen, wenn man auch mit Netz und doppeltem Boden arbeiten kann?*

Ich habs euch ja schon gesagt, bei der jugendlichen Partnerwahl läuft alles über den Blues. Alles!

Stuten und ich sind übrigens mittlerweile fünfzehn und nennen beide ein Mofa unser Eigen. In der Liste der liebsten Dinge ist das Mofa mit weitem Abstand die Nummer eins. Gilt selbstverständlich nur für den materiellen Sektor. Ansonsten würde ich auf die Nachmittage mit Angelika in meinem Klappbett verweisen.

Rainer wird in einem Monat schon sechzehn, und sein Vater hat noch eine alte Zündapp in der Garage, die er Rainer überlassen hat. Nicht gerade die coolste Kiste, aber immerhin schon ein Moped, wenn auch ne Kleinschild. Ich muss noch zehn Monate warten, bis ich den Lappen ›Klasse vier‹ machen kann, aber dann! Ich war in den Ferien immer arbeiten und hab die Kohle gespart, weil ich mir in exakt zehn Monaten 'ne fette Hercules K 50 RL holen werde.

Leute, das ist 'ne Großschild. Und man sagt Großschild dazu, weil die ein großes Nummernschild hat. Ich sage das nur für die Unwissenden unter euch. Denn ein großes Nummernschild heißt: Das Teil hat sechs PS und geht im Windschatten hundert. Nicht so 'ne Kleinschildschnecke wie Rainers Zündapp. Da ist bei fünfzig Sense. Da muss man schwer auf der Hut sein, nicht von einem gut frisierten Mofa überholt zu werden, zum Beispiel von einer Kreidler Flory. Das ist die Demütigung schlechthin und kann mir mit einer K50 RL nicht passieren. Niemals!

Ich komm schon wieder ins Labern. Aber eins noch Leute, nur so nebenbei: Mit 'ner K50 stehen die Frauen bei mir Schlange!

Jetzt habe ich vollkommen den Faden verloren und weiß echt nicht mehr, was ich euch eigentlich erzählen wollte. Egal, wird schon nicht so wichtig gewesen sein.

Während ich gerade meine Liste an Belanglosigkeiten an euch weitergebe, sitzen Stuten und ich immer noch schwer gelangweilt im Unterricht und warten auf den Gong. Meine Uhr zeigt mir 11:15 Uhr an, und zwar genau so, wie ich es geschrieben habe. Mein rechter Arm trägt nämlich eine nagelneue Dugena LCD-

Quarz Digital. Ohne Scheiß, Leute! Neunundneunzig Prozent der Bevölkerung wissen überhaupt noch nicht, dass es Quarzuhren gibt. Hat mir mein Vater aus dem Geschäft mitgebracht. Das Teil kostet 390 Mark, zeigt nur Stunde und Minute an und sieht aus wie ein Amboss mit Metallband. Aber gerade die massige Optik macht das Teil so sensationell, dass alle auf meinen Arm glotzen, der wegen des hohen Gewichts des futuristischen Zeitmessers stets nach unten hängt und meine Körperhaltung einen Becken-schiefstand vermuten lässt. Ich hatte vorher auch schon eine Di-gitaluhr, aber zum Aufziehen. Unter dem Zifferblatt drehten sich zwei mit Zahlen beschriftete Scheiben, von denen man durch ein kleines Fenster die Stunden und Minuten ablesen konnte. Hartes Teil. Irgendwie ein Witz gegen so eine richtige Quarz-Digital.

Heute haben wir in der letzten Stunde Deutsch, wie jeden Sams-tag. Deutsch ist okay, weil der Lehrer okay ist und mich in Ruhe lässt. Der sagt auch nix, wenn man sich während des Unterrichts schon mal 'ne Kippe für die kleine Pause dreht. Der Typ ist selbst Kettenraucher und vor einem Jahr zum wiederholten Mal seinen Lappen losgeworden, weil er mal wieder steif gefahren ist. Da zei-gen sich ja schon mal sehr vertrauensbildende Charaktereigen-schaften, vor allem für gymnasiales Lehrpersonal. Und weil der Mann Kettenraucher ist, im Lehrerzimmer Rauchverbot herrscht, und der sich nicht mit den Schülern in den kleinen Pau-sen ans Schultor stellen kann, um auf die Schnelle eine durchzu-ziehen, zieht der immer dieselbe Nummer durch, um trotzdem eine durchzuziehen.

Der steckt sich schon auf dem Flur eine an und geht dann lo-cker mit brennender Kippe absolut selbstbewusst durch die Dop-pelschwingtür ins Lehrerzimmer. Nach spätestens zwei Sekun-den wird er von einem der renitenten Nichtraucherlehrer zum sofortigen Löschen der Zigarette aufgefordert, worauf er jedes Mal, aber wirklich jedes Mal, mit provokanter Stimme antwortet: »Man wird ja wohl noch aufrauchen dürfen!« Dann geht er wie selbstverständlich mit brennender Kippe zu seinem Sitzplatz, holt den dunkelvioletten Achat-Aschenbecher aus seiner Schublade und legt die Kippe gut sichtbar auf den Rand des Aschers, wo sie dann fröhlich vor sich hin qualmt, womit sich die Sache mit dem Rauchverbot erledigt hat und die intoleranten Nichtraucher vor Wut platzen könnten.

Genial, oder? Finde ich echt gut, dass es noch progressive Lehrkörper an den höheren Lehranstalten gibt.

Wollte ich aber eigentlich auch nicht erzählen. Was ist denn los heute? Ich erzähl die ganze Zeit Dinge, die ich gar nicht erzählen will. Was wollte ich denn jetzt eigentlich erzählen?

Ach ja, klar, Stuten und ich befinden uns bereits in Klasse elf und das bedeutet, wir haben allen Zweiflern zum Trotz die Oberstufe erreicht. Das Gute daran ist, dass wir der erste Jahrgang sind, bei dem die reformierte Oberstufe eingeführt wird. Das heißt, man übergibt dem Schüler mehr Verantwortung und lässt ihn selbst wählen, welche Fächer er weiterhin haben möchte und welche nicht. Natürlich in gewissen Grenzen. Aber immerhin. Noch besser ist aber, dass man fünfundzwanzig Prozent der Kursstunden pro Fach fehlen kann, ohne dass man eine Entschuldigung vorlegen muss und ohne, dass es zu Konsequenzen kommt. Hat man aber auch nur ein Prozent mehr Fehlzeiten, wird der Kurs nicht anerkannt und man ist am Arsch. Deshalb ist im Schulalltag das mit Abstand wichtigste Arbeitsmaterial der Fehlstundenzettel, der für Stuten und mich auch fast immer das einzig mitgeführte Arbeitsmaterial ist. Hier schreibt sich jeder auf, wie viel Stunden pro Fach gelaufen sind und wie viele man versäumt hat. Pro vier Stunden kann man eine fehlen, das packt sogar der Mathe-Grundkurs. Kann eigentlich nicht viel schiefge-hen, außer, man fehlt auf Kredit, soll heißen: Man errechnet alle noch im Halbjahr stattfindenden Kursstunden und nimmt die fünfundzwanzigprozentige Darffehlquote in Blockform, um sich so eine kleine zweiwöchige Unterbrechung vom nervigen Schul-alltag zu verschaffen oder mit einer zweiwöchigen Ferienverlän-gerung etwas später in den stressigen Unterricht einzusteigen, was durchaus einen gewissen Reiz hat.

Schöne Variante, kann einen aber ein ganzes Jahr kosten, wenn zum Beispiel ein Lehrer krank wird und die errechnete Zahl der noch stattfindenden Stunden nicht erreicht wird.

Trotzdem sehr reizvoll!

Das Doofe an der Oberstufe ist, dass wir samstags Unterricht haben. Und zwar bis halb zwölf, wenn unsere Doppelstunde Deutsch endet. So auch heute, weshalb der geheiligte Amerika-Grill-Hackbraten einem schnellen Schnitzel im Metzgergrill kurz hinter unserer Schule weichen muss. Schnitzel gehe ich immer mit Kiki und Stuten essen. Ich nehme immer Jägerschnitzel, Pommes, Mayo, dazu gibt es noch einen gemischten Salat. Kiki nimmt wie immer Doppel-Jäger, Doppel-Pommes, Doppel-Mayo. Stuten wie immer Doppel-Wiener mit Dreifach-Pommes und seinen Salat schiebt er mir wie immer wortlos rüber.

Aber der samstägliche Unterricht ist nicht der wirkliche Grund für das Ende der so langen und lieb gewordenen Hackbratentra-dition. Der wahre Grund ist: Wir müssen zu Tchibo! Und ich habe bewusst nicht gesagt: Wir wollen zu Tchibo. Denn wer in der Oberstufe was auf sich hält, also ständig Party macht, Schule möglichst minimalistisch angeht und klar gegen alles Bestehende ist, für den ist Erscheinen ab 12 Uhr Pflicht, selbstverständlich auch für die Leute von den anderen Gymnasien. An einem nor-malen Samstag treffen sich hier mindestens so um die hundert

Leute von den Hamborner Schulen, und da Tchibo direkt an der Straße neben dem Marktplatz liegt, gibt es hier samstags ab 12 Uhr für Autos kein Durchkommen mehr. Durch den stattfindenden Markt ist sowieso schon viel los und der schmale Bürgersteig reicht bei Weitem nicht für eine so große Zahl an Leuten, die dann eben mitten auf der Straße stehen und ihr Tässchen Kaffee trinken. Letzten Samstag sind sogar zwei Motorradförster angerückt, um die Straße zu räumen, weil sich wieder mal genervte Anwohner oder festgesetzte Autofahrer beschwert hatten. Die Förster waren aber nicht so richtig motiviert und haben zwei oder drei Schülern irgendwas erzählt und haben dann ihren Motorrädern wieder die Sporen gegeben. Das war son lockerer Alibieinsatz, denn die hatten bestimmt am Samstag keinen Bock auf Schreibkram, zumal die genau wissen, dass so gegen zwei Uhr sowieso Sense ist und sich die Versammlung von allein auflöst. Warum dann für die verbleibende Stunde Stress machen und eine große Räumungsaktion starten?

Aber zurück zum Geschehen.

An der Kaffeetheke ist noch eine Riesenschlange bis draußen auf den überquellenden Bürgersteig. Die Damen in der Tchibo-Filiale sind mit dem Ausschank wie immer maßlos überfordert, deshalb beschließen wir, wie fast immer, den Kaffee später zu uns zu nehmen. Statt in der endlosen Schlange zu stehen, sammeln Stuten und ich lieber schon die ersten Informationen zur Strukturierung unseres Samstagabends, denn hier ist der größte Informationsumschlagplatz für Schüler überhaupt. Hier erfährt man, wo heute Abend was läuft und welche Aktivitäten geplant sind. Und das Ganze schulübergreifend. Wenn im privaten Bereich und im eigenen Revier nix läuft, kann es durchaus passieren, dass man sich bei einer Klassenfete einer anderen Schule zu späterer Stunde einfindet. Egal, was, egal, wo, Hauptsache Party.

Außerdem finden bei Tchibo selbstverständlich die Partynachbesprechungen zu dem letzten Wochenende statt. Also wer mit wem, wer wie steif war und wer mal wieder welche Schwachsinnsaktion abgeliefert hat. Nicht, dass es einem peinlich sein muss, wenn gegen halb eins alle hundert Leute wissen, dass man am letzten Samstag vollsteif war und sich auf die Schuhe gekotzt hat. Im Gegenteil: Es hebt Ansehen und Respekt, und deshalb ist Stutens und meine Reputation auch top. Um nicht zu sagen: tipptopp!

Die Schlange am Ausschank ist sichtlich geschrumpft, deshalb haue ich Stuten an, damit wir uns anstellen, denn nach dem üppigen Jägerschnitzel mit zwei Salaten habe ich voll Durst auf einen leckeren Kaffee. Und der schmeckt echt gut hier. Stuten bleibt aber noch draußen und verfolgt lieber weiter den allgemeinen Austausch über geplante Abendveranstaltungen.

Kaum setze ich meinen Fuß in die Tchibo-Filiale, da schallt mir schon lautes Gejohle entgegen. Und zwar vom Stammtisch. Und der Stammtisch, Leute, der hats in sich, denn die drei Leute, die dort schon genüsslich ihren Kaffee schlürfen, sind herrlich speziell und bedürfen einer kurzen Vorstellung. Ich fange links neben mir an und gehe dann im Uhrzeigersinn weiter, den mir meine neue Dugena-Quarz Digital allerdings mangels Zeigern leider nicht mehr anzeigen kann.

Sven, typischer Wiederholungsstotterer. Wiederholt jeden Wortanfang ungefähr fünfmal und braucht schon etwas Zeit für eine Kaffeebestellung. Deshalb fasst er sich kurz und sagt immer nur ›Kaffee‹, natürlich mit fünffachem ›Ka‹. Er trinkt ihn zwar gerne mit Milch und Zucker, das würde aber bei der Bestellung zu lange dauern. Deshalb immer nur schwarz.

Gerd, typischer Bindewortstotterer. Das Besondere an ihm ist, dass er nur ein einziges Bindewort benutzt. Er setzt vor jedes

Wort ein- bis zweimal ›Ach-Öh‹! Ohne ›Ach-Öh‹ kommt kein Wort. Braucht ebenfalls auch ein bisschen ›Ach-Öh-Zeit‹ für eine Kaffeebestellung.

Uga, gehörlos. Kann dadurch auch nicht sprechen, gibt dafür aber undefinierbare Laute in verschiedener Lautstärke von sich. Er kann auch nicht von den Lippen ablesen, deshalb ist eine Verständigung mit ihm sehr schwierig. Geht nur über Gesten. Auch bei seiner Kaffeebestellung. Eigentlich ist er kein richtiger Stotterer, gehört aber trotzdem zur ›Familie‹.

Und jetzt komm noch ich, ehemaliger typischer Blockadestotterer, darf natürlich auch trotz meiner fast kompletten sprachlichen Genesung weiterhin am Stammtisch teilnehmen.

Wunderbar skurril sind die jetzt beginnenden Gespräche, wenn ich die Versuche der Kommunikation mal so nennen darf, weil die Störungen der Personen so schön verschieden sind, und sobald einer der Härtefälle versucht, etwas zu sagen, und das nicht packt, wird er von den anderen sofort gnadenlos verarscht und wir lachen uns alle kaputt, weil das Verarschen wegen der Stotterei ja auch nicht zügig klappen will. Wenn dann so richtig die Post abgeht und jeder was sagen will, aber auf seine Weise versagt, merke ich immer wieder, wie schwer es ist, jemandem mit einer Sprachstörung zuzuhören, weil man es selbst schwer ertragen kann und man am liebsten dem Stotterer alles vorsagen möchte, nur um die eigene Peinlichkeit zu überspielen.

So weit, so gut. Ich wollte euch den Tisch der phonetischen Exoten auf keinen Fall vorenthalten, weil solch ein Ensemble von Vertretern der gepflegten deutschen Sprache eine wirklich seltene Erscheinung ist.

Jetzt aber wieder zurück zum eigentlichen Geschehen. Ich nehme den letzten Schluck aus meiner Tasse, verabschiede mich mit einem lockeren Spruch und begebe mich wieder raus in die jugendliche Menge, um noch einige Nachzügler zu begrüßen. Wie gesagt, Stuten und mich kennen hier eigentlich alle.

Stuten ist derweil auf der Suche nach abendlichem Zeitvertreib fündig geworden und hat bereits zwei Pfeile im Köcher. Rainers Parallelklasse macht heute Abend eine Klassenfete. Einlass zu späterer Stunde wäre kein Problem. Darüber hinaus gibt es bestätigte Gerüchte über eine Privatparty im Vereinshaus der Gartenfreunde Röttgersbach. Könnte aber Schwierigkeiten beim Eintritt geben, weil wir als nicht Eingeladene sofort auffallen würden, sobald wir das Vereinshaus betreten und in Richtung Buffet schlendern. Deshalb beschließen wir, mit Rainer die Klassenfete im Clauberg-Gymnasium zu besuchen, und sind gegen 21 Uhr am Start, aber selbstverständlich nicht allein, sondern mit unseren Perlen, und die Klassenfete erweist sich als gute Wahl und wir machen richtig Party.

Angelika und ich hauen allerdings etwas eher ab, weil sie heute bei mir schläft. Tja, Leute, Tatsache. Ihre Eltern sind übers Wochenende zur Oma nach Hamburg gefahren. Meine Eltern haben sich nach anfänglichen Bedenken dann doch meiner gut geführten Argumentation zur pubertären sexuellen Frühentwicklung angeschlossen und einer Übernachtung von Angelika zugestimmt.

Es geht eben nichts über eine gute Gesprächsvorbereitung!

Als wir bei mir ankommen, schließe ich vorsichtig die Haustür auf, denn bei uns schläft schon alles, Patt auch. Wir schleichen leise in mein Zimmer und machen vorsichtig die Tür zu, um nicht auf dem letzten Meter noch jemanden zu wecken und blöde Fragen beantworten zu müssen.

Zu unserer weiteren Abendgestaltung möchte ich nicht weiter

ins Detail gehen. Das Wichtigste zusammengefasst würde ich sagen: Licht aus, Buchse runter, Hollywood!

Adios Amigos

Tja, Leute. Was soll ich sagen? Als ich euch kennengelernt habe, da war ich noch dreizehn, habe stark gestottert, war tief unglücklich und habe so manches Mal in mein Kopfkissen geheult. Ich habe gedacht, ich würde niemals ein Mädchen kennenlernen und mein Stottern würde sich niemals bessern. Jetzt bin ich Mitte fünfzehn, echt locker geworden, habe immer seltener sprachliche Ausfälle und mit meinem geringen Rest-Handicap komme ich bestens klar, weil mir klar geworden ist, dass mein bisschen Sprachfehler niemandem mehr auffällt und mich keiner mehr mitleidvoll anschaut. Auch nicht die Mädchen, im Gegenteil, denn Angelika ist schon die vierte Kerbe, die ich in das Kopfteil meines Klappbetts ritzen muss.

Angelika ist vor zehn Minuten weg. Ich brauchte sie aber nicht nach Hause zu bringen, weil ihr Vater mit dem Auto unterwegs war und sie bei mir eingesammelt hat. Kam mir sehr gelegen, weil ich ziemlich kaputt bin von unserer aktiven Freizeitgestaltung. Soll heißen: Mein Klappbett-Bettlaken muss mal wieder in die Waschmaschine.

Ich bin aber vor allem froh, dass ich jetzt mal mit euch allein bin, weil ich was Persönliches mit euch zu besprechen habe, was mir mehr als schwer im Magen liegt.

Bei genauem Hinsehen könnte euch jetzt langsam klar werden, dass meine Geschichte ein Happy End hat. Der bemitleidenswerte Stotterer ohne Hoffnung auf eine Freundin vom Anfang der Geschichte ist jetzt ein cooler, lockerer Top-Typ mit bester Reputation und ständiger Klappbettbegleitung. Mehr Happy End geht nicht! Oder?

Aber das Happy End ist leider immer dann da, wenn die Geschichte zu Ende ist. Denn wenn die Geschichte noch weitergehen würde, wäre es ja kein Happy End, sondern mehr son Happy Middle.

Aber die Scheiße an so 'nem Happy End ist, dass es auch immer was Trauriges hat, denn es ist und bleibt ein Ende und das heißt: Jetzt ist der Augenblick gekommen, an dem ich euch sagen muss: Adios, Amigos!

Ich hab euch meine Geschichte wirklich gerne erzählt und ihr seid mir echt ans Herz gewachsen. Ihr wart wirklich super Zuhörer und ich hoffe, ihr haltet mich ebenso in guter Erinnerung.

Scheiße, jetzt werde ich auch noch sentimental und hab voll die nassen Augen, aber fast zwei Jahre so eng mit euch zusammen kann ich nicht so einfach wegwischen wie meine Tränen. Da bleibt was in mir.

Stuten, Rainer und die anderen lassen auch ganz lieb grüßen und sagen ebenfalls Tschüss. Sogar Patt hat auf der Couch für euch zum Abschied ein Herz aus Hundeschokodrops gebastelt. Na ja, Herz ist vielleicht etwas übertrieben, aber er ist total traurig und sein Magen wie zugeschnürt. Seine ganzen Frolic Spezial von heute Mittag liegen noch in seinem Napf und er hat beim Herzbasteln keinen einzigen Schokodrops genascht. Das will schon was heißen.

Also Leute, ich habe zwar einen riesigen Kloß im Hals, aber mir bleibt keine andere Wahl, ich muss es jetzt aussprechen:

Haut rein, lasst euch nicht unterkriegen, und wenns mal richtig scheiße läuft, dann denkt an mich und haltet durch, denn das Leben hat fast immer eine Überraschung parat, die ihr vorher noch gar nicht auf dem Schirm hattet und die plötzlich alles in einem anderen Licht erscheinen lässt. Und wenn das Leben mal ausnahmsweise keine rettende Überraschung für euch bereithält, kann euch nur noch eine FrikkomitSenf helfen, mit der ihr alles noch in letzter Sekunde glattbügeln könnt. Wenn auch mit leichten Verlusten.

So, Leute, das wars. Game over!

Ich klappe meine Geschichte jetzt zu und beende schwer betrübt unsere lange gemeinsame Reise durch einen Teil meines Lebens mit einem wirklich, wirklich traurigen

Tschüss!

Scheiße, ich fang schon wieder an, zu heulen.